STALINE A BU LA MER

Un ouvrage publié sous la direction de
Élisabeth Samama

Fabien Vinçon

STALINE A BU LA MER

Éditions Anne Carrière

Du même auteur

La Cul-singe, éditions Anne Carrière, 2021

ISBN : 978-2-3808-2266-3

www.anne-carriere.fr

« Chaque homme, à quelque période de sa vie, a eu la même soif d'océan que moi. »

Herman Melville,
Moby Dick

Carte de la mer d'Aral
vers 1950

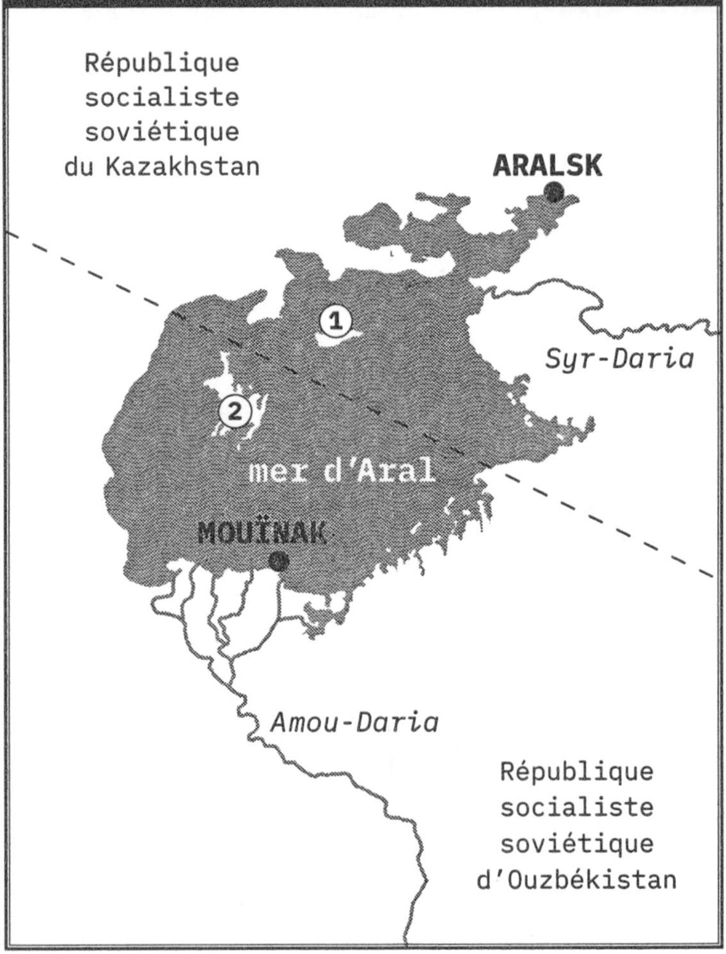

① île Barsa-Kelmes
② archipel de la Résurrection

I

Le baiser de la steppe

1

Une nuit sans lune, un vent déchaîné force une lucarne à l'angle du Kremlin et s'engouffre dans ses longs couloirs. Les rafales décrochent les tentures puis s'essoufflent, s'atténuent en une simple bise, rampent sous une porte, zigzaguent dans la chambre de Joseph Staline, atteignent le bord du lit, effleurent la grosse moustache argentée.

Le petit père des peuples se jette hors de sa couche, s'écrie dans le noir d'une voix étouffée qu'il cherche à gonfler d'autorité :

— Qui vient m'assassiner ?

Il boxe l'assaillant invisible, oubliant qu'il n'est plus qu'un vieil homme dont le nombril tend l'élastique du pantalon de pyjama. Les assauts du vent se jouent de lui jusqu'à l'aube puis l'abandonnent, plaqué au sol, déshonoré et muet.

Seule pièce à conviction à verser au dossier d'instruction ouvert en octobre 1949 : des relents iodés qui ont persisté dans le sillage de la bourrasque et été décelés par les meilleurs nez du MGB*[1]. L'attaque, qualifiée de tentative d'assassinat

1. Pour les mots suivis d'un astérisque, se reporter au glossaire en fin d'ouvrage.

perpétuée par les airs, n'est pas ébruitée mais elle mobilise les limiers de la police secrète et une poignée de dignitaires au sommet de la pyramide du pouvoir. À tour de rôle, deux patrouilles d'élite, soldats de haute stature aux cous de taureaux, montent la garde devant la porte de la chambre.

Pris de nausées et de vertiges, le maréchal reste cloué au lit pendant plusieurs jours. Il perd l'usage de la parole. La fièvre ne cesse de grimper et la chambre disparaît dans le flou. Il est frictionné de vinaigre chaud et d'eau-de-vie par sa fidèle gouvernante ; rien, cependant, ne lui rend la santé. Les sangsues sur la nuque, les cataplasmes à la moutarde seraient venus à bout d'une angine de poitrine mais ce mal aux symptômes instables reste une énigme.

Les sommités médicales de l'URSS accourent au chevet du maître. Aucun médecin n'ose diagnostiquer un deuxième accident vasculaire cérébral, celui survenu quatre ans plus tôt ayant mis Staline dans une colère folle. Aucun médecin ne tente un conseil de bon sens, qui tiendrait en quelques mots sincères et bien envoyés : « Sans vouloir te froisser, Vojd*, il faut assainir ton mode de vie. Moins fumer, faire de l'exercice, te coucher tôt. Il est inutile de se révolter face à la vieillesse. Les facultés physiques et mentales de tout être humain, si génial soit-il, doivent finir un jour par décliner. » Pas plus qu'on ne s'imagine lui dire : « Rabaisse ta vanité d'un cran ! » Chacun sait qu'il menace de prison Vinogradov*, son médecin personnel, qui s'est risqué à lui suggérer de prendre sa retraite. Les membres du premier cercle restent sur leurs gardes.

Deux semaines plus tard, le grand homme souffre toujours de convulsions, bras et jambes secoués, yeux révulsés.

La perplexité des médecins, leur impuissance ajoutent à la confusion générale. D'autres savants, moins académiques, sont appelés à la rescousse : chimistes de l'air, astrologues, spécialistes des caprices des vents et de la trajectoire des nuages. Les plus brillants cerveaux de l'époque se mettent à la disposition du chef suprême. Tous sont obligés de prendre au pied de la lettre ces événements absurdes alors qu'il serait tellement plus logique et rassurant de considérer Staline comme le jouet de ses propres hallucinations.

Le malade se dresse soudain au milieu de ses oreillers trempés de sueur. Ses yeux roulent d'une rage démente. Quel crédit accorder aux minuscules subordonnés qui gravitent autour de sa vie majuscule ? Il ordonne aux savants de poursuivre jusqu'au bout du monde s'il le faut le souffle sacrilège qui a osé l'humilier.

Les vils serviteurs s'exécutent. Sur la foi de leurs calculs invérifiables, on avance que le petit vent criminel naît au-dessus de l'archipel de la Résurrection, au milieu de la mer d'Aral ; nul n'a jamais entendu parler de ces îles lointaines et pour la plupart inhabitées, longues langues de sable qui s'étirent à l'infini.

Aussitôt dépêchés sur place, les scientifiques quadrillent les plages sauvages avec des sortes de filets à papillons pour capturer le souffle blasphématoire. Deux savants veillent sur la boîte en métal qui renferme les échantillons d'air marin. Ce sont d'ordinaire des camarades obéissants et réservés, mais la curiosité a bientôt raison de leur prudence. Ils entrebâillent le couvercle de la boîte et plaquent leur nez contre la fente étroite. En relevant la tête, chacun voit le visage de l'autre couvert de marbrures rouges et de cloques comme les brûlures à vif qu'inflige aux alpinistes l'oxygène presque pur du sommet des montagnes. Le soir au bivouac, dans un déluge de paroles, ils annoncent à leurs collègues qu'ils démissionnent pour se lancer dans une carrière de music-hall et profèrent d'autres idées transgressives du même acabit qu'il serait gênant de répéter ici. Les membres de la mission secrète se montrent indignés. Rapatriés par un vol spécial à Moscou, les deux inconscients sont frappés pendant plusieurs heures dans les sous-sols de la Loubianka* avant de revenir à plus de raison.

Questionnés par les membres de la sûreté d'État, les rares habitants de l'archipel de la Résurrection déclarent que ce vent fou s'appelle dans leur idiome étincelant « le baiser de la steppe » ; chacun le redoute à juste titre parce qu'il se plaît à tourner les gens en ridicule. Certains insulaires refusent même d'en prononcer le nom. Les savants décident de dresser un rempart de grosses turbines sur les rivages de l'archipel. Moscou doit être mis à l'abri du phénomène météorologique renégat, probablement guidé depuis un pays étranger par les ennemis capitalistes dotés d'une arme technologique encore inconnue.

Quand le baiser de la steppe se lève, les grosses hélices patriotiques rugissent, créant un souffle contraire si puissant qu'il refoule aussitôt les masses d'air suspectes. Les savants rentrent au Kremlin. Pour les récompenser, Staline les élève au titre de « héros de l'Union soviétique ». En quelques mois, on perd de vue les turbines géantes perchées sur de hauts pylônes ; elles montent toujours la garde là-bas et font penser, par la curiosité qu'elles éveillent, par les mille questions qu'elles soulèvent chez les voyageurs, aux statues de l'île de Pâques. Les mécanismes se recouvrent au fil des saisons d'une fine pellicule de rouille, puis les pales finissent par se gripper. Même les meilleurs archéologues peineront à comprendre leur utilité dans les siècles à venir, lorsque la farce du communisme russe sera reléguée aux oubliettes.

Depuis que Staline ne s'en préoccupe plus, le baiser de la steppe traîne où il veut, la gueule fendue d'un large sourire goguenard. Au printemps, il renifle les tulipes sauvages et les pavots en fleur, se roule dans les buissons, rampe au ras des saxaouls*. Le vent rusé contamine de son poison hallucinatoire toute la mer d'Aral, l'archipel de la Résurrection, les ports d'Aralsk et de Mouïnak, les jetées aux planches disjointes, les hangars aux portes défoncées, les conserveries de poisson, les immeubles communautaires, les postes de police, les gares et leurs vieux wagons de marchandises. Certains jours d'avril ou de mai, ce gros nuage gorgé de pollen déboule sans prévenir et vient s'ébrouer au-dessus du moindre aoul*, de la plus reculée et de la plus calcinée des petites fermes. Les bêtes en deviennent folles, sautent les barrières et s'enfuient loin des masures d'argile séchée, perdues à jamais dans l'immensité. Les chameaux en rut s'entre-dévorent. Les habitants préfèrent clouer d'épaisses couvertures et même des tapis pour calfeutrer les fenêtres. Ils restent confinés en famille, terrorisés, un foulard plaqué contre le visage.

2

Le mal mystérieux s'étend chaque jour davantage. Il arrive que Staline ne reconnaisse plus ses proches collaborateurs, des pans entiers de sa mémoire battant la campagne. Il ne souffle plus un mot de l'attentat. À la fin de l'été 1950, il décide de prolonger ses vacances jusqu'à Noël. À la même époque, un jeune médecin plein d'avenir expose à l'Académie des sciences les principes d'une méthode révolutionnaire pour soulager les maux du grand âge. Il reçoit l'autorisation d'ouvrir un sanatorium sur l'archipel de la Résurrection afin de soigner les plus glorieux édificateurs du communisme. Un vaste bâtiment moderne aux lignes épurées, recouvert de dalles blanches, sort de terre pour accueillir des vieillards fripés auxquels on veut manifester la reconnaissance de la patrie. Les pensionnaires déambulent en peignoir et en sandalettes dans un dédale de couloirs qui dessert un ensemble de chambres et de salles de soins d'une hygiène irréprochable. L'après-midi, les curistes prennent le soleil dans des chaises longues, alignés en rangs serrés sur une terrasse panoramique qui domine la mer. Leurs pieds se balancent au bout de leurs jambes décharnées. On sangle les mollets des plus agités dans des plaids écossais de sorte qu'ils ne puissent pas se défiler quand se lève le baiser de la steppe. Le jeune docteur iconoclaste soutient que ce vent fera l'effet d'un électrochoc sur les plus épuisés des héros de la patrie, travailleurs acharnés, anciens combattants ou membres du præsidium du Soviet suprême. Des cas désespérés aux yeux de la médecine. Mais rien de tout cela n'arrive. Le souffle marin, quoique saturé d'embruns tonifiants, ne leur fait pas desserrer les dents. De jeunes serveurs sont vite priés de circuler entre ces messieurs avec des verres de punch, de gin ou de vodka glacés. Les braves curistes se saoulent du matin au soir, si bien que le bruit court de Riga à Vladivostok qu'il est possible de finir ses jours sur l'archipel de la Résurrection dans une ivresse grandiose.

La réputation du sanatorium atteint son apogée en quelques mois. On fait la queue à l'hôpital dans l'espoir de se voir prescrire la cure miraculeuse. On édifie un village de vacances destiné à la nomenklatura. L'office du tourisme prolétarien se dote d'une grande enseigne lumineuse qui clignote dès la tombée de la nuit, place Pouchkine : « Prenez l'air ! » La vulgarité du slogan, sa nature ambiguë surtout déplaisent en haut lieu ; il est bientôt remplacé par quelque chose de plus conforme au dogme : « Le vent de la steppe revigore la paysanne, l'ouvrier et le soldat. » En s'adressant à un public plus large, les cures de l'archipel de la Résurrection supplantent rapidement les célèbres bains de boue de Crimée.

Un succès fulgurant ! Jusqu'à l'événement qui met fin à jamais aux délices de la mer d'Aral.

— Les porcs ! Quelle honte ! Comment osent-ils ? s'emporte le colonel Aransky en se tournant vers son épouse alors qu'ils débarquent sur l'archipel par un jour de grand vent.

La découverte de la colonie d'ivrognes invétérés les indigne. Ils n'y voient que le symbole du déclin de l'idéal soviétique, la mortelle déchéance dans laquelle est tombée la pensée socialiste. Pas question de se mêler à l'orgie de curistes alcooliques et cacochymes. Ils décident d'explorer l'archipel par leurs propres moyens, en randonneurs solitaires et ascétiques. Dès avant l'aube, ils quittent leur hôtel pour flâner dans les dunes et profiter du lever du soleil.

La colonelle, une femme sculpturale au visage austère, à la poitrine opulente, s'entiche d'un petit sentier qui débouche sur une crique de sable blanc. C'est leur coin de paradis, loin de la terrasse bondée de débauchés à moitié séniles.

Au neuvième jour, vers midi, alors que le colonel dévore à belles dents une cuisse de poulet trempée dans une sauce à la crème, la colonelle, soudain pétrifiée et grimaçante, pointe du doigt quelque chose d'inconcevable. Le colonel se pince lui-même avec une telle vigueur qu'il en pousse un couinement de douleur.

Sous l'apparence d'une simple baigneuse, ils ont reconnu la Sainte Vierge, conforme aux icônes de Novgorod qui leur reviennent en mémoire. D'une beauté irradiante, le port de tête altier, la Madone s'est avancée dans les vagues. D'une main elle lisse sa longue chevelure brune qui tombe en cascade sur ses épaules gracieuses, de l'autre elle tient un pan de sa tunique. Pâle et rêveuse, les yeux éperdus glissant vers le lointain, elle semble prisonnière d'une bulle de clarté.

Le couple de curistes échange des regards épouvantés.

Le colonel sait qu'il suffit de brûler un bâtonnet d'encens dans le secret de son appartement ou de chuchoter une prière pour être dénoncé par ses voisins, arrêté par la police secrète et englouti à jamais dans les cachots du régime. L'homme vérifie d'abord qu'il n'y a aucun témoin et s'égosille :

— Laissez-nous tranquilles ! Partez !

Les lèvres de la Vierge Marie s'animent doucement :

— Vous ne voulez pas que j'intercède en votre faveur auprès du Tout-Puissant ?

S'attend-elle à ce qu'ils tombent en extase après ces simples paroles ? Ils préfèrent croire qu'elle ne cherche qu'à profiter de leur crédulité.

— Passez votre chemin. Ce pays est libéré de la religion et de ses superstitions.

Terrifiés, le colonel et sa femme s'enfuient à toutes jambes. Pourtant ils entendent à nouveau la Vierge qui s'adresse à eux d'une voix douce et implorante :

— Allons, mes petits, il est impossible de se dérober au regard du Seigneur. Ses yeux pleins de bonté sont posés sur chacun. Nous ne sommes que de minuscules choses apeurées entre les mains du Créateur.

La colonelle gémit, éplorée :

— Qu'allons-nous devenir ?

Au sommet d'une dune, Aransky risque un coup d'œil en arrière, puis lance de pleines poignées de cailloux et de coquillages, mais les projectiles traversent la tunique de gaze céleste sans retarder ou perturber la marche décidée de la mère de Dieu.

Le couple espère encore que la vision n'osera pas les poursuivre jusqu'au sanatorium. Ils montent sur la terrasse en oubliant de reprendre leur souffle. L'apparition se glisse derrière eux et surprend les vieux curistes en train de s'adonner à l'une de leurs beuveries habituelles. Un ancien commissaire du peuple tombe à genoux dans un sanglot et commence à se signer frénétiquement. Ils sont trois à mourir, comme foudroyés. D'autres, frappés d'aphasie, gardent longtemps les yeux agrandis de terreur. L'apparition résiste à toute description. Ailleurs, on aurait célébré pareille vision comme un miracle. Là, il n'en est rien.

Quand les policiers d'élite parviennent à encercler l'archipel de la Résurrection, l'ectoplasme vagabond s'est envolé dans une soudaine bourrasque.

Le récit de ces événements suscite chez Staline un étonnement profond qui n'est rien en comparaison de sa colère. Il éclate d'un rire sardonique. Chacun sait qu'un sourire annonce la plupart du temps un oukase du præsidium, mais un tel éclat laisse présager les pires cruautés. Il fouille dans sa mémoire, regrette de ne pas avoir tranché la question deux ans plus tôt, au moment du Plan de transformation de la nature* qu'il a fait voter sans le moindre débat. Le vieux maréchal sort de son lit, met la main sur sa culotte de cheval et ses bottes, revêt une veste militaire, bourre méthodiquement sa pipe pour se laisser le temps de réfléchir.

— Que cette mer lointaine soit mise à mort ! Elle renferme la sédition en son sein. Deux attentats ignobles ont été perpétrés contre les plus hautes autorités de ce pays. La science nous permettra d'effacer une mer frondeuse qui n'a pas sa place dans le monde radieux que nous édifions.

Ainsi ordonne-t-il, le 12 septembre 1950, de creuser le grand canal turkmène* qui détournera le fleuve Amou-Daria vers la mer Caspienne. Plus de mille kilomètres de tranchées à travers le désert du Karakoum, en cinq ans. Il exige que trois usines hydro-électriques géantes sortent de terre, il envisage de décupler la production de coton de la région.

Des travaux uniques dans l'histoire de l'Humanité. La mer d'Aral y perdra un de ses principaux cordons nourriciers.

Le silence qui s'abat sur la salle du conseil dit bien la stupeur générale. Chacun sent que le Soleil de la pensée a accouché d'un projet comme lui seul est capable d'en imaginer. Sans doute le souvenir du canal de la mer Blanche*, qui une quinzaine d'années plus tôt a coûté la vie à des dizaines de milliers de prisonniers politiques, refait-il surface dans les consciences, mais encore une fois personne ne dit mot. La séance est levée.

Les chefs de la police secrète excellent dans l'art de crever les yeux, d'arracher les ongles, de poser des électrodes sur les testicules d'un ennemi de classe, de déporter un peuple entier en le forçant à marcher plusieurs semaines sans eau ni nourriture à travers des marécages infestés par la malaria, ils ont même élucidé la disparition de la pipe de Staline ; mais aucun d'entre eux n'a jamais eu à supplicier une mer. Personne au MGB ne sait comment s'y prendre. Les hauts gradés se défilent grâce à des prétextes adroits. Les hommes de l'ombre, les chevaliers de la révolution se mettent en quête du savant génial capable d'exécuter les ordres de Staline.

3

Les lauréats de la faculté des sciences de l'Union soviétique envahissent les salons de l'hôtel Moskva* réservés d'ordinaire aux invités d'honneur de la patrie. Le jour de la remise des diplômes, les étudiants gagnent le privilège exorbitant de s'y défouler. Affamés pour la plupart, hâves et efflanqués, ils ont fait la queue plusieurs heures devant les portes et, dès l'ouverture, ils se ruent à l'assaut du buffet dans une pagaille affreuse. Ils avalent vin mousseux et bières glacées, déchiquettent les côtelettes d'agneau à pleines dents, dévorent les pyramides de croquettes de poisson. Les plateaux de queues d'écrevisses, blancs de volaille, champignons marinés n'ont pas le temps de se frayer un chemin de table en table qu'ils sont déjà pillés.

Au fil du banquet, les relents de sueur et d'ivrognerie montent à la tête. Un garçon aux lunettes métalliques, les lèvres luisantes de graisse, se dresse sur une chaise pour s'écrier :

— Saoulez-vous ! Ne pensez à rien ! Sa Majesté l'ivresse jaillit !

Sur ce, il glisse entre ses dents un long hareng dont il ne recrache que l'arête, avant de lâcher un rot bruyant.

Cette gaieté débridée n'est pas du goût du personnel. Le maître d'hôtel, sanglé dans un grand habit noir sans le moindre faux pli, s'approche du directeur du restaurant et s'enquiert d'un air pincé :

— Faut-il laisser faire plus longtemps ces barbares ?

Mais déjà le toast, accompagné de gestes virils et obscènes, se propage de table en table.

Plus tard dans la nuit, les rares diplômés qui tiennent encore l'alcool se toisent avec défi. Dans le dernier bastion où règne la sobriété se tient un étudiant au visage maigre, imberbe et brutal. Esseulé, il semble perdu dans la contemplation des serveurs qui passent de lourds plateaux d'esturgeon et de flétan fumés au-dessus des têtes. Chaque fois qu'on se tourne vers lui pour trinquer, il lève mollement son verre, se contentant de répéter avec indifférence : « À l'avenir ! À l'avenir ! » Tous ses gestes paraissent ralentis, presque apathiques, dosés à l'économie. De manière générale, les autres diplômés l'évitent, tant le caractère distant de Leonid Borisov, l'étoile de la promotion, a ménagé un grand cercle de méfiance et même de crainte autour de lui.

On lit sur sa figure une volonté que rien ne peut altérer. Mais nul ne pourrait dévoiler la moindre bribe des innombrables desseins qui semblent grouiller sous son crâne. On dit qu'il bénéficie d'invisibles protecteurs.

De toute la soirée, Leonid Borisov ne profère pas un mot d'orgueil à propos de son rang dans le classement des diplômés, ni de reconnaissance envers ses vénérables professeurs, ni de satisfaction devant son avenir tout tracé. Ses pensées, tout énigmatiques qu'elles soient, paraissent se succéder sans le moindre lien avec le spectacle décadent qu'il a sous les yeux. Faut-il y voir l'humilité enseignée dans les institutions d'État qui forgent l'avant-garde de la nation, une ambition qui ne fait pas grand cas de la vie quotidienne, ou un certain embarras à parler et à se comporter en public ? Mais quand il s'est adressé à l'assemblée un peu plus tôt pour jurer fidélité à la mère patrie, les mots et le souffle ne lui ont pas manqué.

Les autres se gavent de délices, boivent à en perdre le sens des réalités. Soudain, ils forment une meute et forcent les portes de la cuisine. Les marmitons et les cuisiniers en toque blanche tentent de s'interposer en distribuant force coups de louche. En vain. Avec une avidité qui dépasse l'imagination, les étudiants vident les derniers flacons, lèchent le fond de la soupe comme s'ils mangeaient pour la dernière fois. Pas le moindre quignon de pain n'en réchappe. Un garçon au visage joufflu, aux cheveux d'un roux flamboyant, a dégrafé son pantalon pour libérer sa panse devenue douloureuse, il se goinfre de petites cailles aux raisins dont il ne fait qu'une bouchée. Les os minuscules se brisent avec un bruit de brindille entre ses dents, le jus lui monte au bord des lèvres.

On dirait que, à l'opposé, Leonid Borisov tire sa primauté de sa propension à étudier les autres, à jauger leurs caractères et leurs travers, à faire le tri, à déterminer ceux qui pourraient lui servir à quelque chose. De notoriété publique, les femmes l'évitent à cause de ses grands airs, caractéristiques d'un complexe de supériorité qui le rend détestable. Pour ses maîtres, il s'est imposé comme un élément brillant, logique et dévoué à la patrie. Un jeune homme aux nerfs d'acier qui ne cède rien à ses émotions, promis à conduire les affaires les plus délicates de l'État.

Ruisselant de sueur, le gros roux est élu roi paillard et trône au milieu de l'assemblée de ses sujets. Des chants à sa gloire s'élèvent des gosiers, dans un concert de pets, de sonorités rauques et dissonantes. Le souverain, qui s'appelle Seloukov, bat la mesure avec un os de gigot en guise de sceptre d'où pendouillent quelques lambeaux de viande rose. Chaque fois qu'il veut parler, il doit au préalable déglutir, son regard de goinfre se voile, l'empêchant de prononcer le moindre mot intelligible. La bande des paillards pourrait dévorer les murs, les tentures, les serveurs tout vivants. Rien ne les arrête. Comme la plupart des enfants devenus adultes après la Grande Guerre patriotique, les étudiants réunis à l'hôtel Moskva pensent que la vie civile qui les attend sera bien morne. Sans l'épreuve purificatrice des armes, il leur sera impossible de devenir de vrais hommes. Et le banquet tout comme les virées nocturnes dans les quartiers louches sont la promesse de sensations fortes.

Soudain, Leonid Borisov s'aperçoit qu'un œil, aussi froid et calculateur que le sien, lui fait passer une sorte d'examen. Un homme qu'il ne connaît pas se tient dans l'angle de la vaste pièce et suit chacun de ses gestes avec une attention anormale. Depuis combien de temps l'épie-t-il ?

Quand le carillon du Kremlin sonne 2 heures du matin, les serveurs balaient les bris de vaisselle, font déguerpir les étudiants à grands coups de serpillière. L'espion s'étire comme un gros chat et s'approche de Borisov. Ses yeux le parcourent des pieds à la tête jusqu'à provoquer un petit frisson désagréable chez le jeune homme.

— Présentez-vous demain matin à 9 heures au bureau de l'ingénieur-amiral Aristote Bérézinsky à l'Institut d'océanographie.

Puis l'agent place sur sa tête un chapeau de feutre aux dimensions prodigieuses et disparaît dans la cohue.

4

Le lendemain, sous la pluie fine et glacée, les visages mal dégrossis des ouvriers sont collés aux vitres embuées du tramway. Tous paraissent absorbés dans des pensées moroses, isolés, tous se méfient les uns des autres. Moscou a un goût de malheur. Cela tient sans doute à l'air appauvri et stagnant que respirent ses millions d'habitants.

Un couple en train de s'embrasser attire le regard de Leonid Borisov. La jeune femme s'abandonne contre la banquette sans prêter attention aux voyageurs. L'ingénieur la toise froidement, sans ciller. Il voudrait la gêner, la contraindre à interrompre son baiser. Quel goût peut avoir la bouche d'une femme ?

Le malaise réveille ses vieux tourments. La salive mêlée au tabac, une sensation qu'il tente de chasser au plus profond de sa mémoire, la langue râpeuse d'un représentant de commerce aux cheveux teints qui avait essayé de plaquer sa bouche sur la sienne devant la gare de Saviolovo. Cauchemar des lèvres répugnantes, évitées de justesse. Les garçons de la bande avaient poussé le vieux dégoûtant dans un recoin près de la gare, ils l'avaient roué de coups. Une sacrée danse. Le couple s'enlace toujours. Borisov demeure englué dans le passé informe, la période noire. Une vie entière. Toute une enfance à se sentir une proie facile pour les créatures vicieuses et dégénérées qui traînaient dans une grande métropole en pleine révolution. Être frappé n'était pas la chose la pire, loin de là. Enfant des rues, il avait été arraché à la chaleur des bras de sa mère, une douleur plus forte encore. L'a-t-elle lâché un jour ? une heure ?

Sa mère était une des premières militantes de la section féminine du Parti. Une femme courageuse, autrefois domestique dans un grand domaine. Une pure militante communiste, comparée à tous les opportunistes qui avaient suivi. Elle avait eu le courage de dénoncer une famille de koulaks de son village qui, au plus fort de la famine, cachait des sacs de blé et de seigle sous son plancher. Les tchékistes* avaient accouru et arraché les lattes, les coupables avaient été arrêtés. Quand elle s'était retrouvée seule, les villageois l'avaient prise à partie et poursuivie sur des kilomètres en la traitant de « moucharde ». Puis, elle avait disparu.

Il n'avait jamais connu son père. Du jour au lendemain, pendant l'hiver 1934, Leonid Borisov avait erré avec d'autres petits vagabonds dans les rues de Moscou. Quand ils ne chapardaient pas à la sortie des cinémas, ils se vendaient comme « mulets » sur les quais, portant les bagages les plus lourds à l'arrivée des trains, recevant en échange du pain et des pastèques. Les gens s'étaient habitués à eux mais les miliciens les pourchassaient.

Le couple descend du tramway. Leonid Borisov s'en rend à peine compte. Le soir, les enfants des rues soulevaient les plaques d'égout et descendaient dans les tunnels pour dormir. Un jour, ils avaient eu si faim qu'ils avaient coursé un vieux chien galeux toute l'après-midi en espérant qu'il crève. Au soleil couchant, la sale bête était trop affaiblie pour échapper à ses poursuivants ; les enfants s'étaient jetés sur elle, avaient découpé son cadavre et l'avaient grillée.

Borisov s'était endurci, avait appris à ne faire confiance à personne. Transformer le monde, rien d'autre ne comptait à ses yeux. Aujourd'hui, il voudrait que les images qui précèdent sa renaissance dans la maison d'enfants où il a été recueilli ne viennent plus le hanter. Seule la perspective de l'avenir, lumineuse, lui paraît aisée. Rien n'est plus intense que l'envie d'ailleurs. Il se sent souvent étranger à la vie des gens qui l'entourent, il n'éprouve rien pour eux. Son trouble face aux manifestations de l'amour n'a rien d'une nouveauté. Le couple du tramway a réveillé la seule question valable : peut-on seulement désirer quelque chose de cet ordre ? L'amour complique l'existence et Borisov a appris à vivre dans son exil intérieur. Quelle étrange nature. *Tout me sourit désormais*, se dit-il pour passer à autre chose.

Le jeune lauréat de l'université revient au seul langage qu'il veut parler, celui de la force et de l'élévation. Le gratte-ciel de l'Académie des sciences perce les nuages comme une fusée tendue vers les espaces infinis.

Les vestiges de l'ancien Institut d'océanographie ont été déménagés d'un palais de la Russie tsariste vers ce bâtiment lumineux et moderne. Dans le hall démesuré, les cadets de la marine astiquent le pavage de marbre. La fresque à la gloire de l'Océanographie et de l'Hydrologie surplombe l'immense vestibule. Dès son arrivée à l'orphelinat, Leonid Borisov avait nourri une passion pour l'exploration et les cartes, rêvant de découvrir les derniers espaces blancs à la surface de la planète. Les images sous ses yeux glorifient les terres sauvages conquises par la Russie au fil des derniers siècles. Les grands fleuves de Sibérie, les lacs sacrés où se reflètent les pointes enneigées de l'Altaï. Les chapelets de phoques, de bélougas, de baleines évoquent les splendeurs immémoriales de la mer des Laptev. Sous l'arche monumentale, la scène centrale glorifie le Plan de transformation de la nature. Les cours des fleuves Ienisseï, Volga, Dniepr ont été coupés par des barrages aux dimensions surnaturelles, capables de capter la puissance motrice des eaux, d'avaler leurs flots et de les recracher dans un labyrinthe de canaux d'irrigation, jusque dans les steppes les plus méridionales de l'Union. Les kolkhoziens du Sud, aux larges visages aplatis, sourient au milieu des récoltes abondantes de blé et de coton. Le génie des ingénieurs allège le labeur du paysan et de l'ouvrier. Au fond, les rouages de la nature ne sont pas si éloignés de ceux des machines-outils pour ceux qui savent en jouer.

Pétri d'admiration, Leonid Borisov se fait grave, presque recueilli en abordant le dernier pan de la fresque, dont il connaît par cœur les chapitres de bravoure patriotique. La terre François-Joseph, la Nouvelle-Zemble. Il peut réciter le nom des explorateurs qu'il reconnaît. Vitus Béring désigne de son doigt pointé le soleil couchant. Borisov contemple le premier brise-glace inventé par le vice-amiral Makarov, l'avion amphibie, les bases dérivantes sur le pôle. Toutes les icônes de Septentrion sont réunies sous ses yeux. La conquête du Grand Nord, est-ce donc le sort triomphal qu'on lui réserve ? À cette idée, une vague de chaleur le submerge et empourpre ses joues. Il contemple le héros de son adolescence, Ivan Papanine*, et se remémore le sauvetage épique du *Sedov** emprisonné par la banquise. Tout le peuple a tremblé avec lui. Quel bel homme au sourire éclatant ! Aux femmes en corsets rouges qui lui offraient des bouquets de fleurs, la légende de l'exploration polaire opposait la modestie prolétarienne de l'homme nouveau. Leonid Borisov s'adonne à la contemplation de son modèle. Il vibre. Le jeune diplômé plonge dans un grand songe de ferveur patriotique.

Alors qu'il s'abîme encore dans sa rêverie et dans la gêne qu'elle déclenche en lui, il arrive au seuil du cabinet de travail de l'ingénieur-amiral.

— Il vous attend, lance un cadet en vareuse, ouvrant une porte d'un geste plein de déférence.

Les deux vastes pièces en enfilade tiennent à la fois du laboratoire et du cabinet de curiosités. Les échantillons d'eau prélevés dans tous les océans du monde jouxtent de vieux traités de navigation reliés de cuir. Un albatros empaillé prend son envol. Plus loin, un spécimen de cœlacanthe malgache voisine avec la pointe d'un harpon inuit.

Un homme écrit, assis à un bureau d'acajou dont le lourd plateau repose sur quatre défenses torsadées de narval. Borisov sait que ce stylo plume peut faire et défaire les carrières de la fine fleur des explorateurs soviétiques. L'ingénieur-amiral lui fait signe d'approcher. Sa haute silhouette en uniforme blanc dégage une autorité martiale. Ayant fini de parapher des documents manifestement de première importance, son hôte se lève brusquement et lui serre la main d'une poigne de bois dur. Sa voix est sèche. Ses mots mâchés sur un mode mineur prennent tout de suite une certaine ampleur.

— Je vais tenir devant vous des propos qui doivent rester confidentiels. S'ils tombaient dans des oreilles étrangères, nous serions, vous et moi, accusés de haute trahison. Et par conséquent en danger.

Leonid Borisov goûte aussitôt le ton de gravité. Il n'a jamais éprouvé ce sentiment de connivence avec les plus hauts dignitaires. Une certaine exaltation s'empare de lui, la tête lui tourne un peu mais il se domine pour ne rien laisser paraître et baisse le front respectueusement.

— Staline a ordonné que la mer d'Aral soit vidée, reprend l'ingénieur-amiral. L'opération exceptionnelle, classée secrète, a reçu la nuit dernière pour nom de code la « Grande Soif ». Elle doit donner lieu à l'expression du génie soviétique et sera pilotée ici même par un collège de neuf académiciens que j'ai l'honneur de présider. Nous avons sélectionné nos meilleurs éléments pour la mener à bien. Compte tenu de la modernité des moyens techniques inédits que nous mettrons en œuvre et de vos capacités louées par vos professeurs, j'ai décidé de vous en confier le commandement sur le terrain.

Borisov se raidit. Ses narines ourlées et conquérantes se dilatent. Mais presque aussitôt son cœur engage une bataille acharnée, à contre-courant de cet enthousiasme immédiat. L'ingénieur-amiral Bérézinsky semble avoir deviné ses pensées.

— Entendons-nous bien : nous répugnons, nous autres marins, à effacer une création de la nature aussi envoûtante que la mer. D'autant plus que nous chérissons les aventures qu'elle offre aux hommes valeureux... mais avez-vous déjà entendu parler de la mer d'Aral ?

Le jeune Borisov avoue ses lacunes. Ce n'est qu'un nom qu'il a croisé dans les livres.

— Cette petite mer d'Asie centrale demeure insaisissable, perpétuellement changeante. L'hiver, elle est constamment battue par les vents catabatiques qui soufflent depuis la Sibérie. L'été, elle s'assèche et perd presque toute sa profondeur. Ses rives floues, ses îles indécises, ses falaises molles lui confèrent un caractère fuyant, presque suspect, que nous n'aimons pas beaucoup, nous autres, francs Soviétiques.

À mesure du réquisitoire, les charges visant la petite mer s'alourdissent. Un ton presque lugubre ponctue la litanie.

— Son histoire ne vaut guère mieux, cette masse d'eau n'a pas figuré sur les cartes pendant des siècles puis elle n'a cessé d'apparaître et de disparaître. Ni Ptolémée, ni les voyageurs arabes, ni Plan Carpin l'émissaire du pape, ni les oncles de Marco Polo, ni les Vénitiens, ni les cosaques qui passèrent à sa latitude n'en mentionnent l'existence alors que le grand fleuve Oxus* qui la nourrit est connu depuis l'Antiquité grecque à travers les exploits d'Alexandre le Grand. Les routes des caravanes la frôlaient. De ce côté, pas un mot non plus sur sa présence. Existait-elle seulement avant le XVIIIe siècle ? Nul ne le sait. Les noms les plus illustres de la science se sont penchés sur la question. Certains auteurs antiques accréditèrent le mythe d'un gouffre perdu dans la steppe, de la taille d'un cratère de volcan, un œil noir qui ferait communiquer les tréfonds du globe terrestre avec la mer Caspienne, dont elle ne serait en définitive qu'une vulgaire et intermittente résurgence. Un simple trop-plein. Mais de ce côté-là non plus, rien n'est fondé. Cette mer se dérobe toujours. Ses côtes infestées de pillards du Turkestan et hostiles aux navigateurs russes ont été répertoriées à grand-peine par nos explorateurs, cela fait moins d'un siècle qu'elles sont cartographiées avec exactitude. Sans la navigation du capitaine Boutakov, nous n'en saurions toujours rien. Tout cela a sans doute contribué à donner à cette mer quasi fantôme sa réputation de sournoiserie.

La précision du discours autant que le fait d'en être le destinataire emballent le jeune ingénieur.

Aristote Bérézinsky se redresse et ses yeux flamboient, avant qu'il ne porte son coup le plus dur.

— Nous nous devons de corriger cette erreur de la nature. La mer d'Aral ne sert à rien. Elle doit disparaître.

Leonid Borisov qui rêve de trouver une place ou un engagement en rapport avec sa valeur est immédiatement conquis par l'impression de grandeur que dégage le projet. Il ne peut pas y avoir d'autre justification à un tel dessein que l'attitude honteusement antisoviétique de la mer d'Aral.

— Saurez-vous remplir cette mission ? demande l'ingénieur-amiral.

— Pas un d'entre nous ne pourrait poser les yeux sur cette mer sans les sentir aussitôt souillés par la honte, récite Leonid Borisov d'une voix forte et presque inhumaine. Mes intentions sont pures, je suis convaincu qu'elle doit être éradiquée.

Rempli d'aise, Bérézinsky déploie une carte maritime sur son bureau. Ses yeux devenus presque affectueux se concentrent d'abord sur les steppes. D'une forme ovale, la mer d'Aral a été fendue en son milieu par une ligne aussi droite qu'un coup de sabre, le trait d'une frontière qui la partage à parts égales entre la république socialiste soviétique d'Ouzbékistan et sa sœur, celle du Kazakhstan.

— Il faudra d'abord juguler les deux grands fleuves qui l'alimentent. Quand elle sera privée de leur apport, la mer mourra peu à peu sous l'effet de l'intense évaporation.

Tête baissée, Leonid Borisov cherche à retenir chaque détail du plan pour satisfaire en tout point les espoirs qu'on place en lui.

— Et que ferons-nous des pêcheurs qui peuplent ses rives ?

— Nous verrons si nous devons les renvoyer à leur vie nomade d'autrefois, éleveurs de chameaux ou de chevaux. Il faudra probablement une ou deux générations pour effacer parmi les Ouzbeks ou les Kazakhs le souvenir de cette mer honteuse. Mais nul doute que les authentiques camarades comprendront. Il y a tant à faire pour accomplir le grand dessein socialiste !

De nouveaux doutes assaillent Borisov à la fin de l'entretien. Peut-être n'a-t-il pas les épaules assez larges pour porter cette énorme responsabilité. Trahit-il ses beaux rêves d'explorations arctiques ? Il ne voit pas par quel bout saisir ses propres pensées. Une supplication se fait entendre au fond de lui, mais il n'en dit mot et la bâillonne aussitôt.

5

Ivre de joie, il s'engouffre dans le hall du bâtiment 43, monte quatre étages jusqu'au dortoir numéro 7, avant d'emprunter l'escalier qui se faufile sous la charpente pour atteindre la chambre qu'il partage avec le camarade Arkady Stépanovitch. En tant qu'ingénieur d'élite, il bénéficie d'un peu plus de confort et d'intimité que les autres étudiants. Pour les préserver des rongeurs, il a pendu ses effets personnels au plafond, grâce à une rangée de crochets : les deux tomes de l'histoire du Parti et l'ABC du travail intellectuel* dans un filet à provisions, un petit accordéon retenu par les bretelles, une boîte renfermant un jeu d'échecs aux pièces finement ciselées accrochée par sa poignée, une chapka et, sur un cintre, un trapèze de cuir à travers lequel on peine à reconnaître les formes d'une veste d'hiver.

L'inconfort de la cité universitaire ne sera bientôt plus qu'un mauvais souvenir. Il s'approche d'une lucarne et jette un coup d'œil en direction de la colline aux Moineaux, contemple au loin l'immense chantier du gratte-ciel Lomonossov, le vaisseau de trente-six étages qui va lancer ses flèches vers le firmament à l'image des cimes scintillantes du savoir. Leonid Borisov a l'impression d'avoir grandi à bord de l'énorme paquebot de l'université sans jamais avoir quitté le pont pour descendre dans les cales. À la pointe du peuple des étudiants marche le corps prestigieux des ingénieurs auquel il appartient. « La technique résout tout » : c'est le slogan du Parti. En 1950, pas un fils de l'URSS n'est plus choyé que ses pairs et lui. La rectitude du travail scientifique, les démonstrations mathématiques, le lien naturel avec la philosophie matérialiste ont structuré son intelligence. Au fil des années, Borisov est devenu solide, cartésien, maître de lui.

Son regard balaie les immeubles au loin et s'arrête sur un immense portrait du Guide. Si le Parti a des yeux, ce sont ceux de Staline. De petits yeux noirs, sévères et paternels. Pleins d'attentes. Il les sent braqués sur lui. Il ne se considère pas comme un simple numéro, perdu dans la foule des jeunes scientifiques qui parcourent les rues de Moscou. Il compte vraiment et participe au miracle de son pays. Depuis la fin de la guerre, l'Union soviétique a rattrapé son retard, elle dépasse maintenant les autres nations. Elle compte plus de têtes pensantes à elle seule que l'Angleterre, l'Allemagne et la France réunies.

Borisov en fait déjà partie. Comme tous ses condisciples, il ne se contente pas de réussir ses examens avec la mention très bien. Il pratique aussi la course à pied et la gymnastique. Il consacre chacun de ses dimanches à la préparation militaire et aux séances de dialectique du Parti. Les deux derniers étés, il a participé aux moissons d'une ferme d'État, à une heure de train de Moscou. Toujours la même abnégation au service du bonheur socialiste. Dans quel autre pays un petit paysan aux sabots crottés ou un fils de cordonnier peut-il devenir chimiste, géomètre ou pilote de chasse ? Dans quel autre pays est-il encouragé par ses professeurs et se voit-il octroyer un emploi garanti à vie dans l'un des innombrables organismes d'État ? Ces cadeaux lui sont offerts sur un plateau.

Borisov se répète malgré lui : *J'y crois, je n'obéis pas par soumission ou par crainte.* Il sursaute soudain, redoutant qu'on surprenne ses idées bizarres. Pour être honnête, il a fait quelquefois l'expérience de la peur sans pouvoir la distinguer clairement de l'adhésion fervente au Parti. Parfois même, il ressent un danger bien plus grand que sa vie. Un péril caché à l'intérieur de lui-même. Il sait qu'il n'est pas assez mûr pour résister à l'attrait d'un coup d'éclat. Il manque de vision personnelle, il dépend toujours du regard des autres. Le besoin constant de plaire à ses chefs a pris le pouvoir sur lui. Un si grand besoin de reconnaissance ! Il ne sait pas qui il est sinon qu'il avance sur un fil tendu au-dessus d'un grand vide existentiel. C'est pourquoi il a accepté sans réfléchir toutes les occasions d'entrer dans la lumière, de briller pour briller. Elles ne manquent pas pour un étudiant doué, toujours en tête de classe. Cette histoire de mer à vider n'en est que le prolongement logique. Il représente désormais une cible facile. Il n'est pas assez bête pour ne pas comprendre les risques qu'il prend mais il ne sait pas dire non. Il redoute toujours de se retrouver face à lui-même. À l'idée de devoir attendre des autres qu'ils lui disent ce qu'il faut ressentir, il se sent accablé d'une infirmité invisible. La nécessité de la dissimuler le fait passer pour un être hautain et toujours sur ses gardes. Alors qu'au fond, il a un tempérament anxieux et méditatif.

Officiellement, Leonid Borisov a tout pour plaire au chef suprême. La revanche sur la vie d'un enfant des rues devenu ingénieur fournirait le sujet d'un roman édifiant. Serait-il capable de tout plaquer pour devenir lui-même? Il a quelquefois l'impression que ses années d'études ont été une longue fuite en avant. Qu'importe, son destin se fond dans celui de son pays, le reste n'a aucune importance ; cette dernière réflexion met fin à l'étrange introspection qui a gâté son enthousiasme.

Leonid Borisov se glisse dans un renfoncement exigu de la pièce, se place devant une bassine en fer-blanc où croupit un méchant bout de savon noir et profite de l'absence de son camarade pour se dévêtir et faire un brin de toilette ; il passe l'éponge sous ses aisselles ; dans un éclat de miroir, il contemple sa silhouette de chat errant – la maigreur à faire peur, la blancheur de la peau si fine que le regard note aussitôt les veines bleues qui filent sur ses bras. Qu'importe cette piètre apparence. Tant d'abstractions défilent dans sa cervelle survoltée – l'amour du Parti, la ferveur socialiste, la lutte de l'avant-garde du prolétariat – sans jamais s'incarner dans son corps. Quoi de plus normal : Leonid Borisov cherche toujours à démontrer sa supériorité intellectuelle, il ne sait pas agir autrement. Son enveloppe charnelle ne lui est presque d'aucune utilité. Il se met à siffloter un air joyeux qu'il connaît depuis toujours.

D'excellente humeur, il descend à la cantine, se fait servir un bol de chtchi *, reçoit deux tranches de pain noir humide et une grande tasse de thé. Il ne parle à personne. Depuis son enfance, il n'a connu que les désagréments d'une vie communautaire et ne songe pas à se plaindre de l'inconfort. Tout au long de son repas, mastiquant les yeux dans le vague, il ne pense qu'à son brillant avenir.

Quand il remonte, avant de pouvoir corriger quoi que ce soit dans son expression, il voit qu'Arkady Stépanovitch, allongé sur son lit, scrute le sourire triomphant qui illumine son visage. L'humeur inhabituelle de Leonid excite un sentiment de malveillance chez son camarade, dont les yeux luisent comme sous l'effet d'une mauvaise fièvre. Borisov efface aussitôt tout signe de gaieté de son visage.

Arkady Stépanovitch appartient à la même section du Komsomol* que lui, étudie dans le même institut, ils partagent la même odeur moisie du réfectoire depuis des années et se sentent aussi orphelins que tous les garçons de leur génération. Arkady n'a rien d'un vulgaire compagnon de beuverie, Leonid nourrit pour lui une amitié réelle. À quelques années près, ils ont échappé à la Grande Guerre patriotique, aussi savent-ils que leurs efforts constants ne vaudront jamais le sacrifice des jeunes soldats de l'Armée rouge. *Quelle erreur!* songe Borisov.

Son brusque changement de comportement suscite la méfiance de son camarade:

— Alors, petit Leonid, quel secret cherches-tu à me cacher?

Borisov sait qu'il lui faut se taire. En URSS, il n'existe pas un seul ami dévoué et fidèle auquel un homme sensé puisse confier ses aspirations intimes. Stépanovitch a une personnalité particulièrement adaptée au Parti. Autrement dit, il est médiocre, besogneux et jaloux. Il est très bien noté sans jamais pouvoir rivaliser avec les dons exceptionnels de son camarade dans le domaine de l'hydrologie.

Jusque-là, ils se sont accordés à merveille dans un minuscule espace où pas un geste, pas une action, pas une attitude ne peut échapper au regard de l'autre. Rien n'a jamais éveillé les soupçons d'Arkady. Leonid a un caractère si difficile à cerner qu'il peut facilement passer pour une nature renfermée. Mais ce jour-là, en raison des circonstances exceptionnelles, il perd un peu de son contrôle ; il se sent épié, mis à nu pour la première fois. Depuis qu'il se sait destiné à une mission hors du commun, il ne s'appartient plus et se met en danger au regard de la morale communiste. À tout instant, il risque d'être dénoncé comme calculateur et ambitieux. Il doit à tout prix démontrer qu'il n'est pas un sale individualiste.

Encore une fois, son esprit vif imagine une parade :

— À la réflexion, j'envisage de dénoncer ce goinfre de Seloukov. Il n'a pensé qu'à lui l'autre soir ! s'écrie-t-il.

Puis il veille à se composer un sourire semblable à celui qui lui soulève le coin des lèvres quand il se voit sur le théâtre des opérations au milieu des steppes de l'Asie centrale. Les images du gros rouquin qui se jette sur les restes dans les cuisines de l'hôtel Moskva refont surface au même instant dans leurs deux esprits.

— Tu te souviens de cet homme que nous ne connaissions pas l'autre soir ?

— Oui, répond Arkady avec une curiosité ardente.

Leonid est habitué depuis longtemps à retomber sur ses pattes au milieu d'une conversation équivoque.

— C'est un policier qui l'a pris en photo à son insu et qui envisage de l'interroger.

L'idée d'être mêlé à une affaire collective de dénonciation est la chose la plus alléchante du monde pour Arkady Stépanovitch. Chaque étudiant se sent responsable politiquement de la conduite de ses camarades. Il y aura sûrement des félicitations à gratter quelque part.

— Tu as raison, les joies de la vie sociale ne doivent pas nous faire oublier la modération. Puis-je participer à cette enquête ? Où faut-il s'adresser pour apporter son témoignage ?

— C'est exactement la chose à laquelle je pensais en franchissant le seuil de notre chambre tout à l'heure, je savais bien que cela te plairait... Les cuisines du Moskva ont été dévalisées alors que le lendemain devait se tenir une réception en l'honneur des combattants de l'Armée rouge. Il ne leur restait presque rien.

— Alors, c'est une faute morale très grave ! s'écrie Arkady avec délectation.

— Ce type s'est comporté en ennemi du peuple.

— Je t'en prie, laisse-moi prendre part d'une manière ou d'une autre à cette histoire scandaleuse.

Quand il a échangé assez de paroles agréables avec son voisin de chambre, Leonid Borisov peut se détendre. Son départ définitif ne tardera plus. Au grade où il va être promu, plus personne ne pourra lui reprocher d'avoir enjolivé la réalité.

Il est un bolchevik de granit. L'essentiel est de se dérober à la surveillance des mouchards qu'il croise tous les jours : il lui est permis désormais de les mépriser.

6

Quelques semaines plus tard, parvenu au terme d'un long voyage à travers les steppes de l'Asie centrale, Leonid Borisov saute d'un camion militaire qui l'a bringuebalé en tous sens. Son convoi a roulé depuis Moscou sans croiser l'ombre d'un arbre ni offrir la moindre promesse d'une destination. Cent fois, arrivé à une étape, il a eu l'impression qu'il n'allait plus nulle part. La mer, qu'on n'atteignait jamais et qu'on devinait à peine, restait tapie au milieu des sables. Et lorsque, enfin, il l'a aperçue, il a eu l'illusion qu'elle s'éloignait encore afin de se dérober à son jugement.

Il fait quelques pas, chassant du revers de la main les moustiques collés à sa peau. Stupéfait, le jeune ingénieur se trouve face à une grosse nappe d'eau stagnante. On dirait une tache d'huile. Une infâme odeur de vase le saisit aussitôt à la gorge. Au loin, la sirène lugubre d'un bateau déchire le silence. La mer étale, sableuse, d'une platitude désespérante, se déroule jusqu'à l'horizon. Comment a-t-elle pu mériter un jour le surnom de « mer bleue » ? Quelle imposture ! Même l'idée qu'une vie pullule sous la surface vernie des flots n'atténue pas son malaise. Pas un seul rocher n'émerge.

Au-delà des rivages bas et nus, le désert prend le relais dans la même monotonie de tons. L'absence de relief et les nuances couleur de soufre inclinent à l'humeur la plus mélancolique. Un infini néant. Leonid lève le nez et considère la brume blanche et laiteuse qui voile les dunes et les vagues sans qu'il lui soit possible de les distinguer clairement les unes des autres.

Pourquoi s'est-il imposé une telle traversée ? Il tente de se raisonner. La question esthétique, les canons de beauté n'ont pas lieu de le préoccuper. Les Soviétiques se doivent de mépriser les mièvres considérations sur les panoramas, elles appartiennent au monde bourgeois et futile d'autrefois. Il se fait l'amère réflexion que cette petite mer, associée à la stérilité des pierres, procure cependant une sensation de découragement des plus pénibles. Pour être tout à fait franc, il doit s'avouer que ces paysages sont à crever d'ennui. Son premier réflexe est de vouloir partir en courant.

Seul l'espoir de faire ici quelques rencontres sincères le retient. Des nuages de poussière jaune tournoient autour du port de Mouïnak, un labyrinthe de petites rues qui se signale par un concert d'aboiements de chiens errants que personne ne rabroue, signe d'un dépeuplement radical. S'il pouvait y croiser un homme, un seul être humain, sans doute se sentirait-il plus dans son élément. Mais la chaleur lui fait passer l'envie de parler. Les mots fondent d'avance dans sa bouche.

Les jours suivants, une tempête de sable ne réserve pas un meilleur sort aux pensées lucides qu'il essaie de rassembler pour se mettre au travail. Sous ces longitudes, les bonnes idées s'érodent, se délitent à une vitesse folle. Si, par chance, l'une d'elles lui vient, les rafales ne lui laissent pas le temps de s'y accrocher et d'en faire quelque chose, il en souffle déjà d'autres quelconques et absurdes, préconçues et décousues, qui la percutent et la chassent au loin. À quoi sert une mer isolée au milieu du désert ? Qui diable a conçu une steppe si démesurée ?

Le président du soviet local, qui répond au nom compliqué de Sulaymonov, gagne le cap Tigrovir à l'écart des blocs d'habitation et se rend à la station d'hydrologie, où Leonid Borisov a pris ses quartiers.

— Tovarich* ingénieur en chef, lance-t-il après avoir présenté ses respects, notre terre est réduite en poussière depuis des millénaires. Rien ne peut y pousser. Tout juste de l'herbe à chameau pour faire paître nos troupeaux. Mais, à ce qu'on dit, vous venez nous apporter les bienfaits de l'irrigation. Nous sommes prêts à creuser des trous à la main jusqu'à perdre nos ongles s'il le faut. Longue vie à Staline ! Longue vie à notre bien-aimé Staline !

Le ton familier, l'accent chantant n'éveillent qu'un pâle sourire sur le visage du jeune ingénieur. Leonid Borisov s'amuse de la complicité que cherche à créer avec lui le petit homme qui a troqué son traditionnel khalat* et sa calotte pour un veston étriqué au tissu satiné. Fort de sa foi dans le communisme, l'Ouzbek fait une confiance aveugle aux grands frères russes, il peine à cacher qu'il rêve d'un mode de vie plus occidental et n'aspire qu'à rompre avec les usages des clans. Mais, en dépit de la sympathie qu'il ressent pour son visiteur, le jeune ingénieur a ordre de taire sa véritable mission.

— Est-ce que les rations seront bonnes ? questionne le président ouzbek. On dit que vous embauchez des hommes courageux pour s'attaquer aux dunes. Conquérir le désert. Prenez-moi, je suis fort, téméraire et infatigable. Regardez mes bras, ils soulèveraient les montagnes. S'il vous plaît, je vous attendrai devant la gare, demain à l'aube, pour recevoir vos ordres. Ne me laissez pas tomber. Souvenez-vous de mon visage.

En s'éloignant, le petit homme aux cheveux teints se met à psalmodier :

Ô grand Staline ! Ô chef des peuples !
Toi qui fis naître l'homme,
Toi qui fécondas la terre,
Toi qui rajeunis les siècles,
Toi qui fais fleurir le printemps...
Soleil, reflété par des millions de cœurs.

Le patelin de Mouïnak a poussé le long d'une route rectiligne et poudreuse, bordée de masures basses à toits plats. On ne peut pas en dire grand-chose. Les mauvais jours, les tornades transportent les sels marins qui brûlent insidieusement les poumons. Les fantômes de ceux qu'elles ont empoisonnés rôdent en murmurant d'inquiétantes litanies. Tant de morts hantent les esprits. Le fils du chef de gare, un petit garçon d'à peine neuf ans, les habitants ont fait tout ce qu'ils ont pu pour le sauver, ils lui ont soufflé dans la bouche toute la nuit. Mais les fièvres apportées par le vent nocif ont emporté l'enfant avant le lever du soleil.

Quelle grosse farce voudrait que cette mer ait généré la vie ? Elle ne vaut pas mieux qu'un vulgaire marécage infesté par la malaria. Au plus fort de sa réflexion pleine de désillusions, Leonid Borisov songe pour se consoler à Staline. Grâce au Guide suprême, il se sent à nouveau irrigué par la lumière éclatante de la vérité, tout comme au Moyen Âge un bâtisseur de cathédrale éprouvait la grandeur de sa mission.

Il monte s'enfermer dans son bureau, déroule devant lui de vieilles cartes jaunies. Ses yeux suivent le trait de la côte, repérant les moindres échancrures, l'arrondi des baies inoffensives où la mer se dilapide en vastes marais. D'un crayon léger, il entoure les principales brèches. Il chérit la solitude et le calme du travail minutieux, ne s'interrompt que pour consulter des traités de navigation et des journaux de bord en plusieurs langues où sont mentionnées les saisons des crues et les passes qu'un homme peut franchir à gué. Il faudra attaquer la mer sur ses points faibles. Naturellement, sa mine de crayon descend le cours des fleuves, caresse les bras morts, les anciens chenaux. Il met de côté l'idée de creuser le grand canal turkmène, il voudrait imaginer une solution plus efficace.

Un courant d'air fait vaciller la lampe suspendue au plafond, jouant d'ombres et de lumières sur la grande feuille de papier. Soudain, comme dans un éblouissement, il lui paraît qu'il a trouvé une faille. Poursuivant avec fièvre, il se met à barrer d'un trait appuyé le cours principal d'un fleuve très en amont de l'Aral, prévoyant d'ériger digues et barrages géants à ces endroits-là, puis il se penche sur la pelote de ses affluents, qu'il étudie comme une complexe équation mathématique. Enfin, il raccorde par un tracé sûr plusieurs fleuves entre eux, ignorant les distances et minimisant le rôle des reliefs, puis il calcule le débit des eaux détournées dans les canaux. Il en conçoit un heureux vertige. Bon sang, cela formerait un siphon extraordinaire. La petite mer ne pourrait pas se relever d'un coup pareil.

La nuit entière y passe. Il reste si concentré qu'à l'aube, il ne voit pas l'oiseau blanc qui, d'un battement d'ailes, vient se poser sur le rebord de sa fenêtre. La nature qui l'entoure se réduit à des contours abstraits, des légendes et des pointillés.

Dans la matinée, il se promène sur une petite plage avec l'intention de se rafraîchir ; les mille vaguelettes se frangent d'une fine dentelle d'écume qui vient chatouiller ses orteils. Une pensée coupable l'assaille. Comme toutes les mers, l'Aral doit offrir des eaux douces et chaudes, accueillantes pour les nageurs les jours de canicule. Il serait peut-être délicieux de s'y glisser, d'y plonger le corps en entier. Pourquoi pas ? En un éclair, il entrevoit les accalmies, les tempêtes, la beauté du paysage au soleil couchant, les pêcheurs voguant sur les flots fiers, et leurs fronts sereins.

7

Quelques kilomètres plus loin, les paroles des ancêtres se déchaînent sous le crâne de Nabidjon Madjidov. Le pêcheur ouzbek rentre à cheval de chez un lointain parent dont il a purifié la yourte grâce aux fumigations de branches de genévrier. On réclame partout sa puissance magique. Pour apaiser l'esprit d'un mort qui se refuse à rejoindre l'autre monde. Pour chasser les démons qui ont pris possession d'une femme stérile. Pour mettre fin aux querelles d'un couple marié. C'est toujours lui qu'on consulte dans les affaires les plus délicates.

La poussière se soulève à peine sous les pas lents de sa jument. Les aboiements des chiens se font entendre à l'approche des habitations. On a installé son clan en lisière du quartier moderne jouxtant le nouveau port construit dans les années 1930. Il ne peut que ressasser des pensées amères pleines de désapprobation. Leur vieux monde va s'éteindre.

L'état de la mer préoccupe toute la ville depuis des lustres. Les anaxacals* des clans ont longuement débattu de la conduite à tenir, il y a déjà des années. La décision a été prise : ne pas intervenir. Ils se sont montrés faibles et ont été écrasés, c'est la règle en URSS. Tant qu'ils réagiront avec mollesse, les Russes les dévoreront. L'Aral entière a été confisquée par le kolkhoze des pêcheurs socialistes, commandé depuis Moscou. Les Rouges ont jeté dans ses flots des tonnes d'alevins réputés pour leur rapide multiplication, arrachés à d'autres mers lointaines : carpes de Chine, harengs de la Baltique, aloses de la Caspienne qui ont commencé à croître sans s'accorder entre eux, exterminant d'autres espèces essentielles mais plus fragiles. C'est maintenant dans les eaux saumâtres un grand pugilat, une gluante confrontation biologique. D'affreux bâtards, hybrides répugnants, s'entre-tuent. Des avortons à trois yeux et six nageoires ou des créatures disproportionnées, sans queue ni branchies. Auparavant tout avait une signification si précise, chaque chose se pliait à une telle frugalité sur ces rivages dépouillés, dans ce monde ordonné, agencé par la nature. Quand les dirigeants du comité des pêches ont dit que la mer devait participer au grand effort socialiste et fournir le poisson en quantité colossale, qu'on l'expédierait en train vers les conserveries pour éviter aux populations de mourir de faim dans les cités les plus éloignées de la Sibérie, l'équilibre a vite été rompu. La nature comme les hommes n'avaient plus qu'à servir les objectifs des dirigeants du Parti.

Certains sont assez fous pour faire encore confiance aux Soviétiques après trente ans d'inepties. Nabidjon est envahi de rage quand il y pense. Tout ça s'est bel et bien passé. Décidé d'en haut par les Russes, qui n'ont jamais respecté les lois non écrites. Sous leur impulsion, le chenal d'accès au port a été élargi et approfondi. Fatalement, l'Ouzbek a embarqué comme pilote sur les chalutiers-usines, d'énormes bateaux qui, vus de loin et bien que suivis de nuées de goélands se disputant à grands cris leur cargaison, semblent rouler sur le désert. À n'importe quel moment du jour et de la nuit, des kolkhoziens aux visages tannés apparaissent sur le pont pour guider les manœuvres des vaisseaux d'acier.

Les Soviétiques veulent épuiser la mer par tous les moyens, la presser comme un citron. Ils veulent imposer leur culture stérile. Quand Nabidjon a embarqué sur les chalutiers socialistes pour un bien maigre salaire, il lui a semblé qu'il n'avait plus rien à dire, sauf à se détourner des ancêtres.

Il s'estime toujours mal compris. Quand il met en garde les autres, il ne récolte que des haussements d'épaules et des regards fuyants. À quoi bon lutter ? Nabidjon n'ose pas y songer mais quelquefois, la nuit, les peurs les plus folles le tourmentent ; l'avenir lui donne des sueurs froides. Toujours ces visions qu'il s'efforce de dissimuler.

Chacun connaît la divine gardienne de l'Aral. Il suffit dit-on de monter à la pleine lune sur la falaise du Tchink*, haute de plus de cent mètres et droite comme une muraille, pour apercevoir l'ombre d'une géante endormie au plus profond de la mer. Une déesse colossale, concentré de la puissance de toutes les divinités du monde, seule capable de maintenir l'équilibre entre les forces du Bien et du Mal. Elle appartient à ce panthéon de divinités qui habitent la nature ; elles n'ont rien de parfait en ceci qu'elles n'échappent pas aux passions humaines comme la colère furieuse. On dit qu'on n'a pas le droit de déranger la géante, encore moins de la tirer de son sommeil au risque de croiser son regard de feu, annonciateur des pires cataclysmes. À quel danger s'expose-t-on ? Nul ne le sait ! Elle peut sûrement capturer l'impie qui s'aventure trop près d'elle, le saisir par les chevilles, l'entraîner par le fond et le garder captif dans son royaume des abysses. Personne n'a envie de connaître un tel sort. Une rumeur prétend qu'un jeune fou l'a défiée autrefois et que les yeux de l'ogresse ont aussitôt aveuglé le sacrilège. L'histoire remonte au temps jadis où les Ouzbeks n'étaient encore qu'entre eux.

Nabidjon n'a avoué à personne qu'il pense avoir le pouvoir surnaturel de lui rendre visite pour la consulter.

Le pêcheur monte sur la butte des guetteurs, qu'on atteint par un chemin foulé, mou. Son goût de la rêverie et de la solitude, son caractère taciturne le portent souvent à passer la nuit à l'écart. Alentour s'étale la mer qui sombre lentement dans le noir. Soudain, un souffle au parfum de myrtes et de pavots en fleur se met à siffler. Reconnaissant le baiser de la steppe, Nabidjon Madjidov plaque par réflexe un foulard contre son visage plat et bruni.

Encore incapable de reconnaître ses dangereux signes avant-coureurs, Leonid Borisov, accoudé au balcon de la tour météorologique, est au même instant frappé de plein fouet par les insolentes rafales du vent. Rien ne l'a préparé à affronter de tels phénomènes. De grandes claques d'air lui déforment la bouche, lui rosissent les joues et lui piquent les yeux. Le corps en feu, secoué de frissons, il se met à claquer des dents et, sans avoir le temps d'appeler à l'aide, il s'évanouit.

Une vision étrange s'impose aussitôt à son esprit. La mer d'Aral lui apparaît parsemée d'innombrables pieux, plantés dans ses profondeurs vaseuses, mais leurs têtes orgueilleuses émergent à la surface des flots. Ces poteaux sont reliés entre eux par une vaste toile de lignes électriques sous-marines.

Le plan génial conçu par Leonid Borisov est mis à exécution. Et les pieux recouverts de métaux portés au rouge atteignent des températures d'une chaleur inouïe. L'eau cloque. De larges poches entrent en ébullition. Puis, la mer dans son ensemble se met bientôt à bouillir comme lors d'une éruption volcanique. L'évaporation accélérée soulève des panaches de vapeur qui s'élèvent dans le ciel jusqu'à voiler le soleil. La descente du niveau des eaux s'étend rapidement à l'œil nu. Les poissons flottent, surpris par le brusque réchauffement, puis agonisent sur le flanc. Le fond de la mer apparaît peu à peu, révélant une immense cuvette. L'euphorie de la victoire éclatante, gagnée avec tant de facilité, s'empare du jeune ingénieur. Borisov ouvre les bras comme s'il voulait embrasser toute l'étendue.

Saisi par les froidures de l'aube, il revient à lui, sentant sur ses lèvres les embruns que le vent projette toujours jusqu'au sommet de la tour et qui mouillent son visage. Mais quel n'est pas son dépit, quand il ouvre les yeux, de voir que la nappe jaune dans sa platitude infinie s'étend inchangée à ses pieds. Qu'on la regarde sous n'importe quel angle, l'Aral demeure triste et isolée mais intacte. Il se souvient aussitôt de la tâche immense qu'il est venu accomplir sur les rivages perdus. Il se dit que le temps presse.

8

Deux fleuves alimentent la petite mer perdue au milieu du désert : le Syr-Daria dévale des monts Célestes dans un tourbillon d'écume tandis que l'Amou-Daria bondit sur les pentes enneigées du Pamir où il prend sa source, réduisant en affluents toutes les rivières qu'il croise. Lequel des deux géants faut-il décapiter en premier ? Leonid Borisov a beau y passer ses nuits, rivé à sa table de travail, il ne parvient pas à se décider.

Un autre attendrait le résultat des relevés géologiques, mais le jeune ingénieur brûle de faire ses preuves. Son choix se porte sur l'Amou-Daria. Tout sauf une solution de facilité. Sur la steppe de la Faim, le fleuve devient si puissant à la saison des crues qu'un nageur, si bon soit-il, ne peut franchir ses courants. Toutes sortes de poissons viennent y pondre au printemps. Le seigneur des eaux s'évase paresseusement sur deux mille cinq cents kilomètres jusqu'à s'ouvrir en un immense delta avant d'atteindre l'Aral.

Trois mois après son installation, Borisov prévoit de mener l'offensive sur les contreforts de l'Himalaya, dans le tronçon le plus élevé et le plus enclavé, là où le fleuve n'est encore qu'un torrent de montagne. Il a établi son campement sur ses rives, dans les parages du pic Lénine et du pic Karl Marx, les plus hauts sommets de l'URSS.

Pendant six jours, il a crapahuté au milieu d'une petite troupe d'éclaireurs pour atteindre son poste avancé. Leur bivouac est maintenant perché sur un éperon qui surplombe une gorge où gronde le torrent.

Malgré la nuit sans étoiles, le jeune ingénieur n'a pas jugé nécessaire d'allumer un feu de camp. Le noir est propice à la réflexion. À mesure que l'obscurité épaissit, il se sent pourtant gagné par l'anxiété. Il a tout misé sur une unique stratégie : provoquer par une explosion magistrale l'éboulement de la montagne qui domine le fleuve, couper l'écoulement des eaux par le glissement de terrain. La réussite dépendra du point de chute des rochers et de leur agencement, que nul ne peut prévoir. Il n'a confié ses doutes à personne. Une part de lui-même voudrait poursuivre un chemin de solitude héroïque. L'autre est rongée par un sentiment d'insécurité qui menace de le perdre. S'il pouvait au moins partager son angoisse avec quelqu'un. Bien qu'il n'en ait jamais eu, il est persuadé qu'un ami sincère, en qui il aurait réellement confiance, soulagerait son fardeau. Mais les yeux de sa mère sont toujours inscrits dans son cerveau, dans son sang. La perdre a plus compté que tout le reste. Le chagrin pèse comme un bloc gelé sur sa poitrine et l'empêche de s'attacher. Il songe à Arkady Stépanovitch comme un naufragé s'agripperait à une bouée de sauvetage, il agite des fragments de souvenirs, des espoirs vagues qui tous l'amènent à constater qu'il n'a jamais réussi à se lier à personne. La faculté d'introspection lui est si nouvelle. Les éclairs de lucidité, aussi. *Qui voudrait de moi si je me montrais tel que je suis ?* Ses contradictions le minent, il tente de renouer avec de plus glorieuses rêveries.

Assis, les genoux entre les bras, il prête l'oreille au bruit du ressac qui s'attarde dans l'air. Les rapides qui ont forci depuis la fonte des neiges au mois d'avril se fracassent contre le roc. Ce tumulte lui fait battre le cœur. Il voudrait s'élancer vers le monde, ne plus être pétrifié. Une onde de chaleur se répand dans son ventre. Déchaîné dans son cours le plus élevé, le torrent tambourine contre sa poitrine comme s'il voulait en forcer les portes. Le parfum enivrant des genévriers et des acacias ruisselle jusqu'à lui. Leonid rêve, un passage s'ouvre vers une autre existence. En un sursaut, il cherche à se reprendre. Il a été éduqué dans la sobre dévotion à la patrie révolutionnaire. Ses débuts dans la vie lui ont appris à ne pas se faire avoir par les illusions ni par les visions romantiques. *Il vaut mieux dormir pour oublier ces bêtises*, se dit-il.

Il se concentre sur le fracas d'une souche emportée par les eaux dans l'énorme goulot que dessine le défilé rocheux. Il frémit. Le courant violent, indomptable, cherche encore à trouver l'accès à son cœur. Il tourne sur lui-même, puis se lève finalement. À la lueur d'une torche, il descend au bord de l'eau et tombe sur un petit ravin couvert de menthe odorante dont le parfum est décuplé par la nuit. Il voudrait savoir ce que les autres diraient s'ils le voyaient aussi perdu et anxieux. Pour la première fois, il n'a pas que sa mission en tête ; il se sent gagné par un sentiment grave et intime, mais il lui oppose aussitôt le glaive du devoir.

Au petit matin, une silhouette s'approche de lui. Seul l'opérateur radio Pastovsky, un homme grand et osseux, ose troubler sa méditation :

— Permettez, camarade ingénieur, demande-t-il, je souhaite me porter volontaire pour punir le fleuve insolent qui a offensé le camarade Staline.

Un large sourire s'épanouit sur le visage de Leonid Borisov :

— C'est une juste cause, camarade. Les paysages doivent être domptés pour se conformer aux aspirations du peuple soviétique. Et ce devoir exige la plus grande gratitude envers le camarade Staline. Ses théories ont illuminé l'univers. Que serions-nous sans lui ?

Borisov lit dans les yeux de l'opérateur une ferveur patriotique comme il n'en a jamais vu dans le regard d'aucun frère soviétique, son cœur en bondit de joie. Les deux hommes se donnent une chaleureuse accolade.

Dès le lever du soleil, Borisov ordonne aux artificiers de mettre feu au dispositif tentaculaire reliant les bâtonnets de dynamite fichés dans les failles des rochers. Ses tympans bourdonnent, il plaque les mains contre ses oreilles. Les déflagrations brassent l'air avec une brutalité inouïe. Les villageois sont réveillés par les détonations irrégulières qui crèvent le silence de leur haute vallée. Les montagnards croient à une colère montée des entrailles de la terre. L'extraordinaire mystère qui entoure les activités de l'ingénieur a interdit qu'on les prévienne. Ils ne comprendraient rien.

D'énormes rocs détachés par la dynamite roulent dans la gorge, rebondissent dans un fracas infernal en soulevant d'épais nuages qui se déploient jusque dans la plaine. Le moment de vérité approche. Peu à peu, la poussière retombe et le résultat est là : les blocs obstruent le torrent. Les hommes suivent la fin de l'éboulement sans prononcer une parole, le souffle coupé. Ils attendent qu'on puisse distinguer quelque chose de parfaitement net, mais ils s'extasient déjà : Leonid Borisov les a menés à la victoire. Un immense verrou minéral coupe l'écoulement de l'Amou-Daria. L'amas de rochers forme un barrage haut et solide, idéal. C'est un miracle. Galvanisé, l'ingénieur en chef promet qu'en quelques mois les deux puissants fleuves et tous leurs affluents seront traités avec la même fermeté.

L'assaut contre le cours principal, en aval sur la vaste steppe, commence à la belle saison. Leonid Borisov, enivré par ses premiers succès, veut écrire sa propre légende. Moins d'une année après son installation à Mouïnak, il a pris la tête d'une puissante armée. Tout un peuple d'ouvriers a afflué par régiments de cinq mille hommes, venus grossir le chantier gigantesque sur lequel s'étend son autorité. De jeunes komsomols, des pionniers, des gardes rouges qu'il complimente pour leur engagement sans faille dans le grand Plan de transformation de la nature, voté par le Soviet suprême en 1948. Des Baltes, des Turkmènes, des Tatars, des Ukrainiens. Des forçats, des brutes sorties des bas-fonds des métropoles, des péquenauds venus de campagnes boueuses, arrachés aux tavernes louches, qui pourraient s'entre-tuer s'ils ne s'étaient rangés sous l'étendard de la mère patrie. Partout à l'étranger, les ouvriers travaillent comme des bêtes de somme dans les usines, démoralisés, trahis et exploités par les ruses et la mesquinerie de la grande bourgeoisie capitaliste. En Union soviétique, les héros de la classe ouvrière et paysanne rient dans le labeur.

Un convoi d'excavatrices, de pelles géantes, de camions-bennes longe l'autre rive. Le ciel devient sombre sous l'effet des gaz d'échappement. Une colonne de prisonniers, reliés entre eux par une chaîne invisible, ferme la marche sur la rive orientale de l'Amou-Daria. Borisov considère ce renfort constitué d'ennemis du peuple avec un profond dédain. De la cochonnerie, le rebut de l'humanité, les koulaks qu'avait dénoncés sa mère. À quoi bon plaindre ces traîtres ? Ils ont propagé des kyrielles de mensonges, fait preuve du plus grand mépris envers la souffrance des pauvres. Ils méritent de périr, engloutis sous les pelletées de terre ou dans l'éboulement des falaises.

Leonid Borisov se tient aux commandes d'une pieuvre tout en soupapes et en chenilles, mais il reste toujours à bonne distance de ses subordonnés, ne communiquant qu'avec le fidèle opérateur radio. Les mâchoires d'acier défoncent les rives, arrachent du sol des tonnes de ballast, expédiées en tapis roulant jusqu'aux cuves de lavage. Les concasseurs les broient, les réduisent en gravillons et les injectent dans les bétonnières qui les digèrent aussitôt. La pâte dure et grise s'envole ensuite dans un train de wagonnets qui coulisse le long d'un gigantesque téléphérique. Puis un déluge de béton s'abat sur l'Amou-Daria. Un réseau constitué d'une infinité de pièces mouvantes, de leviers, d'embrayages, de roues, d'arbres à cames a été déployé au-dessus de la steppe.

Du lever du soleil jusqu'aux heures les plus noires de la nuit, l'ingénieur en chef ne quitte jamais son poste de commandement et donne ses ordres par fulgurances, obsédé par l'idée de maintenir les ouvriers sous pression afin que soient finies les premières étapes de terrassement avant la saison hivernale qui les contraindra à de longues retraites.

— Tout ce que vous avez à faire, c'est de vous assurer que les wagonnets de béton soient toujours en position et repartent au plus vite pour se remplir à nouveau. La cadence soutenue est fondamentale ! Transmettez les ordres, exige-t-il auprès de son second, Ossipov, le visage empreint de gravité.

Au même instant, l'orifice d'une benne géante suspendue dans le ciel s'ouvre et vomit ses tonnes de béton sur le lit de l'Amou-Daria. La manœuvre se répète un nombre incalculable de fois au fil des semaines. Le grand fleuve geint, se dérobe mais ne peut y échapper ; au printemps, les flots détournés vers le désert galopent en une cavalcade éperdue, s'apprêtant à engloutir les dunes dans un débordement infernal et désespéré.

9

Sur le pont de *L'Ouzboï**, Nabidjon Madjidov attend, torse nu, la sortie du chenal pour terminer son quart. La large étrave d'acier tranche la mer, suivie d'une traînée de crasse qui s'étire sur les flots. Le soleil pâle laisse tomber sur les vagues une lumière d'argent étrangement diffuse. Les yeux mi-clos, le marin scrute les bancs de sable de l'Aral et du delta, devine les îles plates qui ont été autrefois les crêtes de dunes, les sommets de tertres désormais ennoyés. Il repère les courants traîtres aux ridules sur la surface laiteuse. Quelquefois, il sort une perche et sonde brièvement la profondeur de la passe par simple conscience professionnelle, mais rien ne peut le prendre en défaut. Ce jour-là, il n'y a pas eu de changement majeur dans le lit du fleuve, ni l'émergence imprévue d'un haut-fond dont il faudrait se méfier.

L'après-midi est belle, la mer se soulève et s'abaisse en une lente respiration paisible qui inciterait à la paresse si des voix querelleuses ne montaient depuis les cales du chalutier-usine. Les notes stridentes s'élèvent de la salle réfrigérée où les poissonnières commencent à s'installer devant leurs établis et à aiguiser leurs couteaux. Il n'en a cure. Sans doute le directeur du kolkhoze a-t-il encore exigé un tonnage précis de production, exorbitant, qui met l'équipage en émoi. Des caisses d'aloses, de brochets, de bélougas mêlés à la glace qu'on chargera dans les trains ou d'autres poissons qu'on séchera dans les grands hangars. Un carnage sans précédent. Pourtant Nabidjon n'avouerait devant aucune autorité son mépris absolu pour les exigences du soviet. *L'Ouzboï*, en pleine mer, est chahuté par des balancements de plus en plus prononcés. Nabidjon ne peut comprendre la folie du chiffre, la logique froide qui fait fi de l'opposition féroce des vents, des déplacements secrets du poisson, des faiblesses humaines. Les directeurs du kolkhoze ne pensent qu'aux pourcentages. Comment peut-on savoir de quoi sera faite une campagne de pêche avant d'avoir jeté son filet ?

— Tenez le cap, lance-t-il au capitaine en faisant un signe de la main.

Chacun s'en remet à son expérience. N'appartient-il pas tout entier à cette mer sacrée ? Avec un autre pilote, ils seraient déjà enlisés. Les prétentieux conquérants croient avoir ravi la mer aux ancêtres créateurs, ils l'offensent au plus profond de son âme mais Nabidjon a renoncé à élever la voix pour leur faire entendre raison. Une extraordinaire torpeur s'est emparée de lui comme de tous les Ouzbeks de Mouïnak. La tâche harassante de la pêche l'a depuis longtemps insensibilisé. La position précaire où se trouvent réduits les clans glorieux est telle qu'ils taisent, depuis des décennies, les croyances secrètes qui les relient aux créatures légendaires de la steppe infinie et de la mer sacrée. Ils font même croire qu'ils adhèrent aux nouveaux dogmes. On prétend qu'il est devenu possible pour un pêcheur de mener une vie entièrement différente de celle qu'ont connue ses parents, ses grands-parents et toute sa lignée.

L'énorme patte du marin saisit un treuil, un lent bâillement interrompt son geste puis, machinalement, il jette la première balise pour indiquer le point de départ du trait de chalut sans plus se soucier des quantités de poissons que les hommes pourront remonter dans leurs filets. Les yeux étrécis comme un tigre de Sibérie, Nabidjon psalmodie une longue litanie de paroles inintelligibles et commence à osciller d'avant en arrière jusqu'à sentir monter la transe libératrice qu'il espérait :

> *Ancêtres, éloignez le Mal ! Mettez fin aux pensées négatives !*
> *Ô ancêtres, purifiez-nous ! Sauvez-nous !*

Puis il se cambre et ouvre les bras vers le ciel pour accueillir Tengri* au creux de sa poitrine. L'absorption des forces du ciel et de la mer, leur pénétration dans les tissus de ses muscles et par les pores de sa peau le régénèrent au plus profond de son âme. Les ondes, les radiations spirituelles le font entrer peu à peu en communion avec les esprits sacrés, pourvoyeurs de vie. Il franchit un grand portail cosmique pour renouer avec les premiers hommes qui ignoraient tout du décompte du temps. Pour eux, il n'existait pas d'horloge ; les heures, les jours, les mois, les années ne valaient rien s'il s'agissait d'apprécier la réalité. Pas plus que les grandes invasions ou les révolutions. Aux âges premiers, tout n'était qu'harmonie immuable. Les gros bateaux soviétiques ne sont sûrement pas les embarcations dont auraient rêvé les ancêtres en confiant la mer aux hommes, après les temps très anciens de la grande sécheresse. Peut-être les marins ne sont-ils pas dignes du don qui leur a été fait ? Avec le rendement, ils s'opposent à la sagesse séculaire du peuple ouzbek. Les Russes ne peuvent pas comprendre, ils ont vaincu par la force et soumis par la ruse les centaures-cavaliers turkmènes et kazakhs, les grands khans* de Khiva ; Boukhara et Samarcande ont rendu les armes une à une après s'être battues désespérément. Pour répondre à la brutale exigence des vainqueurs, les Ouzbeks, convertis depuis des siècles à la religion des cavaliers musulmans, embrassent désormais avec stoïcisme le culte de la matière, une forme de néant auquel ils n'entendent rien, sinon qu'un autre dieu, moustachu et portant un uniforme, se dit leur lointain guide marxiste-léniniste.

Nabidjon implore encore du fond du cœur la protection d'Anahita*, du majestueux et terrible gardien Kharpâk qui veille sur la mer Farâkhkart* et d'autres dieux de l'Avesta*, le grand livre millénaire écrit à l'encre d'or sur la peau parcheminée d'un bœuf. Autant de noms secrets du zoroastrisme* qu'il faut taire face aux maîtres soviétiques.

Le vieux Shodikhon se tient à l'écart. Lorsqu'il revient à lui, Nabidjon se laisse bercer par la voix éraillée de son compagnon. Comme lui, le vieillard édenté pêche pour ne pas devenir fou. À genoux, il récite ses prières, tourné vers La Mecque. Son front touche le pont, il médite un instant et se redresse. Ses yeux usés ne quittent plus l'étendue des eaux jaunes. Son visage s'éclaire en signe de gratitude.

— Merci de nous laisser prendre ton poisson ! Si Allah le veut, je viendrai tous les ans jusqu'à mon dernier souffle. Ô mer sacrée, tu nous protèges, tu nous apportes ton eau rafraîchissante et tu nous permets d'entrer en communion avec les esprits...

10

Le fleuve Amou-Daria, emprisonné dans une énorme gangue de béton, rampe maintenant sur la vase de son ancien delta et parvient à bout de forces à s'écouler dans l'Aral, pareil au grand serpent dont il est question dans la Bible sous le nom de Léviathan. Un escadron de pelleteuses et de bulldozers fonce pour lui porter un nouveau coup furieux, sans doute l'un des derniers assauts avant qu'il ne soit complètement détourné vers le quadrillage de canaux.

Un colosse sibérien, le crâne tondu, les oreilles rouges comme des morceaux de viande crue, conduit le camion de pointe. Un pantalon de toile souligne ses cuisses musculeuses. Leonid Borisov le suit à la jumelle. Quels menteurs, les artistes spécieux, les poètes efféminés qui prétendent que les hommes ont besoin de sentiments raffinés. Ils doivent d'abord espérer un monde juste, rien ne donne plus de sens à la vie.

Le Sibérien aux larges épaules jetées vers l'avant ne tremble pas. Mais soudain il stoppe net son camion et contre toute attente en descend, comme frappé d'une sorte de fièvre des marais, son corps d'haltérophile se déboîte, il est secoué de tremblements. Il cesse de tituber. Apparemment redevenu maître de lui-même, le balèze se fige. Mais ses dents claquent encore. Il esquisse des petits pas de danse cadencés. Presque rien. Il ondule des fesses, gratte la poussière de la pointe de sa chaussure et affecte un air de matamore, les épaules fixes, le profil altier. Pour une raison obscure, ses yeux de braise roulent de désir sous leurs paupières alourdies. Ses bras balaient l'espace vide d'un ample mouvement circulaire, plein de morgue, puis il bascule la tête en arrière. De quel mal nerveux peut-il souffrir ? Ses gestes fouettent l'air. En deux sauts de cabri, il s'approche d'une pelleteuse et invite le chauffeur, un timide Ouzbek à la peau brune, à le rejoindre. Le couple a des expressions démentes. Les deux hommes s'avancent sur de grandes lignes obliques, cuisse contre cuisse. Leurs jambes s'entortillent. Comment s'accordent-ils sans avoir jamais répété ? Ils échangent des regards de feu. Et le Sibérien tire son partenaire à lui en découvrant ses horribles chicots. On dirait qu'ils font l'amour. Puis ils pivotent, main dans la main.

Leonid Borisov ne sait quel sens donner à ce spectacle répugnant. Son corps se couvre de sueur.

— Sabotage ! s'écrie-t-il. Vite ! Faites quelque chose !

D'autres couples, pour le plus grand étonnement des ouvriers, sont gagnés par le mal mystérieux et se lancent dans un bal improvisé sur toute la longueur du convoi. Ils s'agglutinent en une masse compacte. Les danseurs se dandinent d'un pied sur l'autre comme si un orchestre invisible se démenait pour les relancer. Leurs jeux de jambes, l'élégance de leurs mouvements frappent ceux qui, encore épargnés par la folie furieuse, observent le ballet avec un certain détachement. Stupéfaits par l'adresse de leurs pas, tous aspirent à l'évasion, à l'extase, à la volupté. Ces pauvres diables n'ont pas respiré le parfum d'une femme depuis des mois.

Le lendemain matin, après une nuit de folie, personne ne sait plus comment les arrêter. Leurs gesticulations frénétiques risquent de tout pulvériser sur leur passage.

— Menacez-les d'enfermement dans les camps! tonne Leonid Borisov, qui donnerait n'importe quoi pour mettre fin à cet ensorcellement collectif.

Un milicien s'approche des danseurs et place ses mains en porte-voix pour les intimider mais, sous le regard de l'ingénieur, le messager se met lui-même à remuer les fesses, dans un désordre de déhanchements ridicules. Les visages des danseurs se fondent en une énorme bouillie. On peut en rire ou en pleurer. Borisov, scandalisé, fait mine de quitter son poste d'observation.

Son second réussit in extremis à le retenir:

— Ne descendez pas dans la fosse aux lions, camarade!

Alors, Borisov se résout à contempler l'hécatombe dans une rumination noire et maudit le vent empoisonné. Certaines expériences contraignent les intelligences les plus élevées à tout réviser. Un arôme aussi subtil que détestable se mêle au souffle du vent, flattant ses narines. L'ingénieur pressent qu'il va devoir se jeter en personne dans la mêlée pour trouver la passe étroite menant à la victoire décisive sur la mer. S'il veut mettre en pièces l'Aral d'où s'élève le souffle démoniaque qui défie Staline, il faut viser juste. Être plus rusé que le baiser de la steppe. Et ne pas compter sur des combattants versatiles. Les convictions des ouvriers sont-elles trompeuses? Feignent-ils de croire au communisme? Peut-être qu'au fond ils ont perdu tout espoir en la révolution.

Ses yeux s'attachent encore au Sibérien qui a entraîné tous les autres. La robustesse de sa stature et sa grosse tête rasée le distinguent de la masse des danseurs. Il étanche sa soif en lapant l'eau d'une flaque, à quatre pattes comme un vulgaire animal, avant de se relancer dans le tourbillon. Leonid Borisov lutte contre la tentation de lui tirer une balle dans la tête, sans autre forme de procès. Le Sibérien n'est qu'un traître. Son destin est scellé.

Après quatre ou cinq jours de ces pitreries funestes, les danseurs tournoient les pieds à vif, l'os à nu, les orteils en charpie. Leurs expressions démoniaques révèlent l'impossibilité de les ramener à la raison. Plus de repos. Plus de salut. Leurs chevilles ont triplé de volume et leurs cuisses sont tétanisées par des crampes incessantes. La musique lancinante qu'ils sont seuls à entendre les entraîne vers une mort certaine. Frappés de crises cardiaques et victimes de syncopes, les premiers commencent à tomber comme des mouches aux pieds des miliciens. Consterné, Borisov n'ose donner l'ordre aux soldats d'ouvrir le feu sur les derniers possédés qui persistent à gesticuler. Sur les rives meurtries du fleuve, l'épidémie de tango décime l'armée prolétarienne.

L'Amou-Daria, démiurgique et sauvage, qui coule quelques mètres plus loin, se moque des peurs démentes capables de transformer des êtres animés par la foi communiste en toupies infernales. Après le carnage, le chantier reste à l'arrêt. À la faveur de généreuses pluies, le fleuve réduit à plusieurs bras atrophiés par les travaux titanesques se raffermit en un courant puissant.

À la colonie d'orphelins où Leonid a été élevé, les bons instructeurs promettaient de forger l'homme nouveau en sauvant les petits vagabonds les plus endurcis de la misère et de la débauche. Une cohorte de va-nu-pieds, de déguenillés et d'autres enfants-loups. Une ménagerie de gosses. C'était un pari fou comme l'URSS aimait en relever. Devenus propriété de l'État, les jeunes pensionnaires échappaient à la maison de correction et aux rudesses des travaux forcés.

Leonid Borisov avait eu la chance de tomber sur une maison d'avant-garde où les enfants étaient libres de leurs mouvements, où le succès reposait sur l'adhésion et la bonne volonté grâce à un de ces pédagogues originaux comme le grand Makarenko*. Dans son « détachement », la plupart de ses camarades gardaient longtemps les mauvaises habitudes de la rue : beuverie et toxicomanie. C'était un terrible fléau qui le révoltait. Bien que la boisson fût interdite dans les dortoirs de la colonie, il se trouvait toujours des paysans des environs pour venir leur en vendre dans les bois alentour. Ils écoulaient sous le manteau un alcool frelaté qui échauffait plus encore les esprits des gosses. Certaines nuits, ses congénères ivres et sales dansaient eux aussi, beuglaient des rengaines obscènes jusqu'à ce que l'aube chasse les dernières étoiles, sans que personne puisse les arrêter.

Aux premières lueurs du jour, ils se battaient souvent, attirant sur eux de sévères punitions. Un petit de cinq ans avait été éborgné lors d'une altercation. Dans la journée, alors qu'il fallait se montrer productif, la plupart des jeunes criminels étaient incapables de se tenir debout, titubant devant les établis après leurs bacchanales. Or le travail était la seule religion de l'établissement et une obligation vitale car l'institution ne recevait pas un sou du commissariat du peuple à l'Instruction publique. Tout reposait sur leur seule débrouillardise. Pris individuellement, aucun des petits ivrognes n'aurait été capable de se libérer de ses vices par sa seule volonté. Tout comme les danseurs de tango.

Sans que l'on sache comment cela avait commencé, une poignée d'enfants, dont Leonid Borisov, s'était organisée pour mettre un terme à la débauche. Un corps expéditionnaire était parti dans les fermes coupables et avait détruit les alambics à grands coups de pelle. Très vite, ces méthodes radicales avaient porté leurs fruits. Comme ils l'espéraient, il était devenu de plus en plus difficile de se fournir en alcool de contrebande. Mais surtout, le prestige acquis par le corps expéditionnaire avait rapidement suscité de nombreuses candidatures puis une émulation vertueuse parmi les pensionnaires. Tous voulaient y prendre part. Les petits soldats de fer se réunissaient autour du drapeau, appelés par la musique de l'orchestre militaire. Rien n'était plus beau. Leonid Borisov en avait eu les larmes aux yeux.

En quelques mois, les pensionnaires avaient été débarrassés de l'encadrement des adultes, recevant la délégation complète des tâches quotidiennes qui les concernaient. Toutes sortes de corvées, bien moins reluisantes que la destruction des alambics, avaient été remplies avec le même entrain, mettant fin au sentiment d'isolement et de détresse. Le communisme intuitif, en actes, présent dans ses souvenirs d'enfance, avait marqué Leonid à jamais.

11

Le jeune ingénieur n'a pas le droit de s'effondrer. Mais devoir passer pour un petit génie capable de donner des ordres à longueur de journée l'épuise. A-t-il seulement le choix ? Il est bien conscient que l'histoire qu'il se raconte, celle d'avoir grandi pendu aux mamelles du Parti, relève d'une pure abstraction. Il ne se fait plus d'illusion, il y a bien longtemps qu'il a tout perdu, il restera à jamais un enfant abandonné. Le sentiment de panique qui le submerge souvent provient en grande partie de la distance qui le sépare de lui-même. Personne ne le sait, pourtant cela saute aux yeux : un fanatique, dénué de scrupules, n'est pas une personne réelle.

Les images de l'hécatombe du tango le hantent. Le chantier reste au point mort. Leonid Borisov s'enferme à double tour dans la station d'hydrologie pour se plonger dans de silencieuses études, espérant sortir ainsi de sa détresse. Les efforts pour s'absorber dans le travail et chasser les tensions s'avèrent inefficaces, il rumine et sombre dans le découragement.

Il perd la notion du temps qui passe. Il regarde par la fenêtre, sa paresse se trouve accentuée par la contemplation des paysages frustes et arides du delta de l'Amou-Daria. L'après-midi, il demeure assis sur un ponton de planches mal ajustées, les jambes pendantes au-dessus de la vase, croyant distinguer des mirages de sel sur la plage. Les brumes couvrent les vaguelettes qui meurent à ses pieds. Il n'a pas envie de sortir de sa léthargie, il se complaît dans sa tristesse. Il ne s'arrache à la solitude que pour descendre manger au réfectoire.

Parmi les Ouzbeks attachés au service des ingénieurs et des officiers supérieurs s'est glissée une jeune femme à l'allure athlétique. L'efficacité de ses gestes n'est pas exempte de brusquerie. On voit bien qu'elle ne prend aucun plaisir à servir. Son visage est marqué par une sévérité qui ne l'empêche pas d'être belle. Ses yeux verts s'éclairent, sous le lent battement des cils, d'une lumière comme jaillie de l'intérieur. Elle a une peau brune qu'encadrent des nattes noires et lustrées. Que fait-elle au milieu des vieilles cantinières moustachues, aux hanches larges, qui règnent sur les fourneaux ?

De son côté, il y a longtemps qu'elle a remarqué le jeune homme maigre, nerveux, aux réactions bizarres. Certains jours, il ne dit pas un mot. D'autres fois, les phrases fusent. Il est toujours sur le fil du rasoir. Est-il odieux ou touchant? Qu'importe, jamais elle n'a éprouvé une présence aussi intense. Plus les jours passent, plus l'attachement qu'elle ressent pour l'ingénieur en chef grandit. Elle s'interrompt parfois pendant le service pour le regarder manger. Chaque fois que ses yeux rieurs se posent sur lui, ils cherchent à le réchauffer et lui murmurent : *N'ayez pas peur de vous montrer vivant.*

Midi et soir, les serveuses s'activent autour de lui ; les unes et les autres forment un ballet incessant devant le four en terre cuite où mijote le plov* pantagruélique destiné à l'état-major qui jouit d'une salle à part pour prendre ses repas. Les portions servies à la table des gradés sont agrémentées de raisins secs et de succulentes carottes blanches. Leonid Borisov se régale de la recette exceptionnellement savoureuse.

Il a vite repéré une lueur fugace dans les yeux de la servante. Il n'en veut pas. On dirait qu'elle voit à travers lui, qu'elle perçoit l'infirmité honteuse qu'il cherche à dissimuler. Cela le terrifie. Il ne pourrait posséder une femme qu'en la forçant.

Au bout de quelques semaines, elle l'a assez observé pour ne pas s'arrêter à son apparence. Le chagrin le dispute toujours à l'arrogance dans son regard, elle en est profondément touchée. Lorsqu'elle dépose son assiette devant lui, elle en profite pour l'étudier de plus près. De son visage émane une droiture tranchante. À son approche, il se glace et garde les mains le long du corps de peur de la frôler par accident. Quelquefois, elle le gratifie d'un long regard direct. Elle veut capter son attention, tente plusieurs fois de vaincre son silence, d'engager la conversation, mais il demeure mutique.

Un jour, elle se plante devant lui et lui lance, les poings sur les hanches :

— Tu diriges tous ces hommes et tu as peur de moi ?

Les autres se sont arrêtés de mastiquer, ils se retiennent de pouffer. Leonid Borisov veut montrer qu'il est le chef, il écarte brusquement une chaise de la table et lui ordonne de s'asseoir. Les vieilles femmes n'ont rien raté de la scène. La serveuse rabat d'un geste nerveux son foulard contre ses joues. En présence des matrones promptes à blâmer toute frivolité, elle ne doit pas montrer qu'elle cherche à avoir des contacts avec les étrangers du chantier. Sa voix calme et ferme s'élève. Elle s'exprime parfaitement en russe, sans accent, avec vivacité et chaleur.

Leonid Borisov voudrait écourter les présentations, il déteste la situation dans laquelle elle l'a placé. Mais la jeune fille a la langue bien pendue.

C'est une métisse nommée Elmira Korsakova, fille d'un éphémère capitaine du port de Mouïnak, un Moscovite porté sur la bouteille et qui ne s'est jamais soucié d'elle. Après la mort de sa mère ouzbek, alors qu'elle n'était qu'une fillette, son père l'a abandonnée au clan de sa belle-famille. Seule la langue russe qu'elle pratique à merveille entretient le souvenir de ses racines. Elle a été élevée par de vieilles tantes aigres qui ne l'autorisaient jamais à rien. Même lire passait à leurs yeux pour un péché.

Soudain, elle se tait et fixe un point lointain.

Tous deux prennent l'habitude de s'entretenir dans ce réfectoire. Grâce aux politiques d'État d'éducation des femmes d'Asie centrale, Elmira Korsakova a gravi plusieurs échelons de la connaissance ; elle a lu tous les livres qui pouvaient lui tomber entre les mains sous ces latitudes si éloignées des grandes cités du savoir ; par chance, dans les malles des caravaniers, de vieilles éditions de romans russes passent pour des marchandises si superflues qu'elle peut les acquérir pour quelques kopecks.

Face à son insistance, l'anaxacal, qui tient le clan familial d'une main de fer, a fini par donner son approbation pour qu'elle accède à l'université, puisqu'elle bénéficiait d'une bourse. Un privilège qu'il aurait refusé catégoriquement à n'importe quelle autre fille de sa nombreuse descendance. Elmira a été admise à la faculté de Tachkent.

Quelquefois un rire haut, contagieux, coupe ses paroles devenues torrentielles à l'évocation de cette période de sa vie ; ses yeux brillent.

Après ces intenses années de vie estudiantine, elle est rentrée chez elle sans trop savoir ce qu'elle pourrait faire à Mouïnak, sans la moindre perspective.

Aux yeux du clan, elle a surtout fauté en repoussant ses soupirants. Elle a même fait scandale quand elle s'est écriée devant l'un d'eux : « Je ne veux pas être asservie. Plutôt la solitude et le célibat que perdre ma liberté. » La déflagration de ses paroles a tonné aux oreilles des parents, laissant pantois tous les hommes. Bien qu'elle soit attachée au clan du valeureux pilote Nabidjon Madjidov, Elmira Korsakova est émancipée ou, tout du moins, à part. Les patriarches exigent des membres de la famille une soumission sans réserve mais elle jouit d'une relative liberté.

Leonid Borisov transpire d'une trouille muette chaque fois qu'il la rencontre. Il tâtonne, il est perdu. Elle ne le lâche plus, veut se faire une place auprès de lui, se moque qu'il refuse de se laisser approcher. Il parle très peu. Mal à l'aise, il cherche toujours à écourter leurs tête-à-tête ou débite de longues tirades idéologiques. Le communisme pur fera advenir une humanité plus élevée, plus juste, où personne n'aura à baisser les yeux devant le moindre oppresseur... Il essaie de l'assommer par ses exposés. Elle le laisse faire, elle a déjà l'impression de le connaître intimement. Pour dire les choses, elle le prend comme il est. Une relation entre eux peut s'inventer.

La jeune femme au regard ardent a le pouvoir d'illuminer le monde de l'intérieur, de le gorger de poésie. Elle fait remonter à la surface tout ce que Leonid Borisov voudrait cacher. Il traite la serveuse avec la plus grande froideur possible. Comme si sa présence ne comptait pas, comme si tout était banal. Le temps qu'ils passent ensemble fait néanmoins jaser. Bien qu'Elmira évite d'éveiller les soupçons, leur relation encore balbutiante suscite chez les Ouzbeks des murmures outrés. Qu'a donc ce jeune ingénieur pour attirer l'attention de la plus belle femme de la ville ?

Personne dans son clan n'a jeté la pierre à la jeune frondeuse jusqu'au jour où l'anaxacal, qui dépasse les cent vingt ans et fait la loi dans son aoul, sort de sa réserve. Il la fixe de son vieux regard usé et annonce avec beaucoup de lenteur et de gravité dans la voix :

— Nous avons perçu votre attraction...

L'anaxacal ajuste sa calotte au milieu du crâne, s'assoit en tailleur parmi les siens, soupire puis entame une litanie interminable. Il veille plus que tout à la moralité et à la discipline de son immense progéniture. Une vive discussion s'engage aussitôt entre ses fils querelleurs, qui dégénère en mises en garde menaçantes et en prières enflammées. Il est question de savoir si Elmira aura encore la permission de servir à manger aux Russes, s'il faut l'enfermer ou même la bannir dans un hameau perdu sur la steppe pour leur éviter le déshonneur.

Durant les débats, tantes, cousines et nièces d'Elmira la regardent avec férocité. Toujours prêtes à jacasser. On lui rabâche que sa naissance est une malédiction pour toute la famille, personne n'a jamais su comment s'y prendre avec elle. Sa loyauté a toujours été un sujet d'inquiétude, et ces doutes sont maintenant justifiés par la naissance d'une liaison contre nature. La sang-mêlé salit la noblesse des anciens lignages. Dès qu'elles sont autorisées à parler, les langues de vipère débitent une longue liste de reproches.

Yulduz, une dévote aux mains calleuses, parle plus fort que toutes les autres femmes du clan réunies. Il faut que le poing d'un homme s'abatte furieusement contre la table pour faire taire ses affreux glapissements. Elle voue une haine farouche à cette petite prétentieuse, cette délurée, cette arrogante. Elmira se jetterait volontiers sur elle pour lui arracher les cheveux, mais elle se maîtrise pour ne pas exciter davantage sa jalousie. Elle se moque de ces marâtres parce qu'elle mène une vie indépendante, reprisant ses vêtements, balayant sa chambre, faisant son lit sans attendre la moindre solidarité féminine.

Face à l'anaxacal si respecté, quand on lui accorde la parole, elle répète qu'il n'y a rien de répréhensible à veiller sur la table de l'ingénieur en chef et à sympathiser avec qui elle veut. Pourquoi tant d'histoires ? Il lui semble que le clan a mieux à faire. L'assèchement maudit des fleuves, qui sape les fondements de leur vie quotidienne au bord de la mer, lui paraît être un sujet d'une tout autre importance.

La repartie effrontée passe sur les lèvres des matrones. La jeune fille ne rencontre que des sourcils froncés, des bouches pincées et des soupirs exaspérés. Aux yeux du clan, nulle femme ne devrait se mêler d'une affaire sérieuse. À quel camp appartient-elle, cette cervelle de moineau ? Son attitude renforce l'idée qu'on se fait de son caractère égoïste et irresponsable. On dirait une de ces pasionarias soviétiques dont on a dû lui rebattre les oreilles à l'université de Tachkent.

Toutefois le vieux chef à l'âme riche et profonde lève la main, imposant le silence à l'assemblée.

— Si nous écoutions les femmes, elles verraient des machinations diaboliques derrière chaque parole...

L'origine trouble d'Elmira, son éducation poussée expliquent peut-être qu'elle bénéficie de l'indulgence des sages. Elle n'a probablement pas les mêmes valeurs qu'une honnête femme ouzbek qui dit sa prière tournée vers La Mecque, mais elle conserve son propre sens de l'honneur et son aspiration à la justice.

D'une voix étrange, réfléchie et inquiétante à la fois, Nabidjon qui a gardé le silence jusque-là grommelle :

— Leur relation pourrait nous être utile...

Il refuse de s'expliquer davantage sur ses cogitations mystérieuses. Les autres se sont habitués à son caractère renfermé. La colère et la tristesse restent toujours prisonnières à l'intérieur du marin. À ses yeux, la discorde qui gagne le groupe des femmes n'est qu'une calamité supplémentaire liée à la présence des étrangers, à l'ampleur de leur chantier maléfique. Personne ne comprend vraiment ce que les milliers d'ouvriers sont venus accomplir sur les rivages de la mer d'Aral. Depuis le premier jour de la prétendue révolution hydraulique, le niveau des eaux baisse et les événements les plus immoraux adviennent.

12

Au coucher du soleil, Leonid Borisov monte jusqu'à une promenade plantée de peupliers d'Italie et d'eucalyptus, un agréable balcon aménagé pour un khan qui aimait admirer le vaste panorama. Alors qu'à l'accoutumée il ne quitte jamais la mer des yeux, il ignore ce jour-là les coups de vent qui soulèvent les vagues. Les mains jointes dans le dos, il conserve un air grave. Depuis quelque temps, il doit lutter contre la vulnérabilité qui le submerge quand le visage d'Elmira s'impose à lui.

Aussitôt, le fantôme de sa mère revient le tourmenter. Être présente dans ses rêves ne lui suffit plus, il faut qu'elle réapparaisse au pire moment pour briser son élan. Il a tenté de se libérer de son souvenir quand il l'a crue poursuivie et assassinée par les villageois. Huit longues années sans nouvelles. Un jour, alors qu'il était pensionnaire à la maison d'enfants abandonnés, il a reçu une courte lettre de sa main. Quelques lignes laconiques. Elle avait refait sa vie, militait toujours au Parti dans une lointaine province du Nord. Elle lui apprenait la naissance d'un demi-frère, se plaignait de l'éloignement entre eux. Le chaos dans le pays avait séparé tant de familles, jeté à la rue tant de besprizorniki *. Elle pensait souvent à lui mais n'avait pas ajouté d'adresse où lui répondre, ni jamais récrit depuis lors. Toujours le vide, le manque profond. Il faudrait qu'il parvienne à l'effacer de sa mémoire. Il aurait voulu qu'elle meure. Délivrance inespérée. Qu'elle disparaisse dès sa naissance. Un orphelin, l'avenir lui appartient, cela fait toute la différence avec un enfant abandonné qui a tout perdu.

Leonid Borisov redoute toujours que l'effondrement originel ne le rattrape.

De son éminence, le jeune ingénieur domine la mer. S'il voulait bien lever la tête, il pourrait presque voir jusqu'aux confins du delta mais une telle perspective ne lui apporte aucun réconfort. Pourquoi ces horizons taillés à sa démesure, qui ont tout pour s'accorder avec sa quête d'infini, ne suffisent-ils pas à le réparer, à l'emplir d'élan vital ? Il fixe des yeux les eaux limoneuses tourbillonnantes. Le trouble atteint son comble quand il toise l'ennemi. La longue queue du Syr-Daria parcourt le désert en de nombreuses circonvolutions ; le fleuve couleur de cuivre fondu lui semble tout aussi invincible que l'hydre de Lerne. Chaque fois qu'il a tenté de le décapiter, de longues pointes ont repoussé à son extrémité jusqu'à reconstituer son embouchure. Quand on navigue dessus, on bute presque immédiatement sur les hauts-fonds et, à bord, les ingénieurs soviétiques crient aussitôt victoire, croyant à son agonie inéluctable. Mais au bout de quelques jours, pour la plus grande déception de tous, le cours du fleuve regonfle sous l'effet des crues et se rétablit dans sa vigueur d'autrefois, inégalable. Son cours supérieur est une longue cascade tumultueuse qui bondit de montagne en montagne, gonflée par la fonte des neiges ; son cours inférieur, une marche triomphale, alluviale, qui s'élargit au milieu des dunes.

Face à l'insolente santé de la nature, à l'éclat des eaux cuirassées, l'ingénieur se sent constamment au bord de l'épuisement. Il veut éviter de s'encombrer l'esprit avec une aventure sentimentale, de se perdre dans un labyrinthe de scrupules et d'hésitations, la marque des âmes faibles.

L'invincible Syr-Daria, capable de couler paisiblement l'hiver sous un mètre de glace, charrie pour les Ouzbeks des proverbes et de mystérieux rituels, ainsi qu'une invitation au rêve. Le fleuve représente la longue voie liquide qui unit l'Inde et la Chine au monde soviétique. Comment ose-t-il le mépriser ? Las. Sa détermination ne peut plus souffrir le moindre état d'âme, ni le moindre délai. Il accomplira ce qui est bon et juste, voulu par le Parti, point final : détourner ce serpent de son delta, l'obliger à s'engager dans les milliers de canaux afin d'irriguer une large étendue de steppe, à engendrer un nouveau continent de végétation, rendant enfin la vie possible dans ce désert.

À la fin de l'été, l'ingénieur-amiral Aristote Bérézinsky envoie depuis Moscou un court télégramme destiné à être lu aux hommes du chantier pour fêter la deuxième année de leur mission :

> *Ouvriers de choc, débarrassés de toutes les impuretés humaines,*
> *Plus personne ne bride notre imagination,*
> *Nous avons le droit de rêver, de créer quelque chose d'immortel :*
> *Voler jusqu'à la lune, voir le drapeau socialiste flotter sur New York,*
> *Ou transformer le désert en une contrée verte et nourricière*

Qui sera considérée comme la nouvelle merveille du monde!
À vos pioches!

Et revoici l'homme-pelleteuse, l'homme-béton, l'homme-piston, galvanisé, électrisé, lancé à plein régime. Comme tous les staliniens, les ouvriers brûlent d'énergie dans un monde d'illusions. Contempler ses hommes en plein labeur suffit à raffermir le jeune ingénieur, à lui rendre son cœur d'acier. Des milliers d'ouvriers poussiéreux, hirsutes, se remettent en mouvement au milieu d'engins de chantier démesurés qui crachent leur fumée noire. Regards brûlants, gorges encrassées, ils travaillent sur d'immenses levées de terre, futures murailles qui se dresseront bientôt face au fleuve.

Les excavateurs montés sur patins soulèvent des cris d'admiration. Juste sortis des ateliers de pointe, derniers diamants de l'ingénierie soviétique, ces monstres qui renferment quarante-huit moteurs peuvent abattre autant de labeur que sept cents ouvriers valeureux dotés de pelles et de pioches. Des usines mobiles de béton, hautes comme des tours de huit étages, pulvérisent tous les records. Les quantités de béton déversées sur le fond des nouveaux canaux sont quinze fois supérieures à celles coulées dans le célèbre canal de Panama.

Les grands journaux de Moscou dépêchent des reporters qui enflamment la jeunesse soviétique par leurs comptes rendus. Un éditorialiste au style lyrique et fleuri, parmi les plus appréciés du Kremlin, écrit: « Le gouvernement de Staline a affiché sa volonté de changer la nature mais aussi le relief, la physionomie des paysages, le cours des fleuves, et enfin de transformer le climat. Ce qui est le plus difficile et qu'aucun pays au monde n'a jamais réussi à accomplir. La suppression des vents brûlants qui épuisent les sols est aussi à l'ordre du jour, ils vont être transformés en vents humides pour mettre fin aux déserts les plus arides de l'URSS. L'espoir est enfin permis. Ces plans vont enrichir l'Humanité et détourner à son profit les richesses illimitées de la nature. »

Grisé par les louanges, Leonid Borisov double les cadences. Le chantier tourne déjà à plein régime quand arrive le renfort des scaphandriers d'élite. Une centaine de ces mutants, sortis des bases navales de l'Armée rouge, s'engagent dans le noir des profondeurs subaquatiques. Leurs semelles de plomb piétinent l'épaisse couche de vase noirâtre et gluante du Syr-Daria. Pour les explosifs, ils doivent choisir les meilleures cavités, éviter la formation de poches d'air en profondeur. Sans prendre le temps d'admirer les bancs de poissons, les danses hypnotiques des méduses, les algues aux épais sarments qui étalent leurs chevelures sur des kilomètres, ils s'affairent à préparer les pains de dynamite. Leur expertise est reconnue. Leur mission, claire : diviser le cours du fleuve, bouleverser son lit au moyen des explosions. Leonid Borisov a donné son accord aux techniques les plus brutales. Chaque semaine, on distribue des paquets de cigarettes, de la vodka. On octroie des diplômes d'honneur. Le titre du meilleur plongeur de l'URSS. Pas un lâche parmi eux.

Dans la lumière du matin, Elmira se glisse avec délice dans les ruelles du vieux marché. Elle avance d'un pas léger, presque dansant, la poitrine gonflée d'allégresse, tous ses sens en éveil. Transfigurée. Les matrones du clan peuvent toujours lui interdire de prendre part au service dans la salle à manger des officiers russes, elles ne peuvent la priver de préparer l'assiette de l'ingénieur. Elle lui servira des mets dignes d'un souverain. Sa recette sera éclatante de couleurs et de saveurs. Personne ne l'empêchera d'aimer qui elle veut. Elle se moque bien des apparences. Depuis quelques jours, elle ne voit plus passer l'aube ni le crépuscule, il n'y a que ces heures d'attente qu'il faut combler avant de l'apercevoir. Comme Natacha Rostov, son héroïne préférée, elle ne veut qu'aimer, aimer, rien d'autre.

L'autre jour, elle a vu Leonid faire les cent pas, l'air soucieux, sur la promenade à l'aplomb du Syr-Daria. Bien qu'elle ait frémi de tout son corps, elle s'est bien gardée de l'approcher. Les pulsions naissantes qu'elle éprouve la mettent à l'épreuve. Si elle veut continuer à cuisiner pour lui, elle doit prouver qu'elle s'est assagie. Quand on a grandi comme elle au milieu des haines claniques et ancestrales, on ne peut espérer contourner les règles. Mais les esprits du ciel n'ont-ils pas écrit pour elle une partition comme il en existe peu ? Son amour l'accompagne partout maintenant, prenant des proportions démesurées.

Au marché, la foule grouille, achetant et vendant de tout. Elmira se perd au milieu des pyramides de pastèques, des grappes d'oignons, des piments, des bouteilles du pétillant koumis*, des pirojkis* de viande hachée, des abricots secs, des pistaches croquantes, des petits ventres si appétissants des beignets. Les poulets lui criaillent entre les jambes. Les passantes la frôlent, jacassent, se jettent sur les étals dans une belle pagaille. Toute une ambiance orientale que les envahisseurs soviétiques ont essayé en vain d'éradiquer. Les marchands, étendus sur les tcharpoïs* surmontés de dais, à l'ombre des treilles de vigne ou dans les maisons de thé, discutent avec des airs de conspirateurs, arborant des sourires filous, s'adonnant au plaisir de pousser le marchandage. Les Russes ont voulu remplacer le bazar par un marché couvert avec des stalles en béton, mais la route de la soie ne passera jamais par des perspectives géométriques. Comme il l'a toujours fait, le commerce déborde, se répand dans les ruelles alentour, préfère les échoppes clandestines et confinées, le brassage anarchique du peuple sur lequel plane le souvenir nostalgique de l'arrivée des caravanes. Personne ne peut résister à l'attrait de la mahalla* des marchands. Ni à ses menus trafics, à son marché noir, à son parfum de pisse, de jasmin et de poussière. L'endoctrinement soviétique n'est pas parvenu à briser la fraternité entre les marchands. Dans le quartier rebelle de la ville, Elmira Korsakova se sent dans son élément.

Un mendiant l'approche et ouvre en grand la paume de sa main. Elle croise le regard du quémandeur et lui paie une galette de Samarcande accompagnée d'une shorba* pour attirer la chance sur elle.

Toutes les parures et les bijoux d'autrefois ont disparu, prohibés par les diktats de Moscou. Même les étoffes de soie au motif adras* sont introuvables. Pour magnifier l'éclat de son teint, elle achète sous le manteau du khôl* et un petit cube orange, savon mélangé de henné et de cèdre. Puis, une Gitane maigre comme une cordelette lui vend un philtre d'amour. Malgré tous ses efforts, Elmira ne sait plus comment cacher le bonheur qui lui est tombé dessus. Une vague irrésistible lui met l'âme à l'envers, la pousse sans arrêt vers Leonid Borisov. Elle est peut-être la première à reconnaître sa beauté. Sa fragilité face aux responsabilités qui lui incombent, la finesse de ses traits et de ses mains, sa noblesse, ce mélange accompli et enfantin qui la bouleverse. Il y a quelque chose d'inaccessible dans la rêverie silencieuse de cet homme. Quand son destin lui pèse trop, Elmira s'éloigne pour pleurer et garde le visage longtemps enfoui au creux de son coude mouillé.

Elle se laisse maintenant guider par le fumet des chachlyks* qui grésillent sur les brasiers des rôtisseurs. On y trouve la meilleure viande de la ville, même si les morceaux sèchent pendus aux râteliers, couverts de mouches. Elle apostrophe le boucher pour engager la négociation.

— Cinq roubles le kilo de chameau, sept pour du cheval ! crie-t-il.

— Ce morceau-ci me paraît trop dur. Ce n'est pas une viande digne de régaler un ingénieur en chef. Avez-vous autre chose ? Du bœuf, il lui faut du bœuf tendre ! Attention, le meilleur morceau qui soit, il a la confiance du Parti et l'oreille de Staline !

Le boucher lui sourit, le marchandage lui plaît.

Elle termine par une visite chez la vendeuse d'épices et d'herbes, une vieille folle presque aveugle. Ses yeux glissent sur les bocaux et les flacons de poudre, les bouquets de pétales et de racines séchées, elle achète quelques pincées de safran et une poignée d'anis étoilé. Puis, s'assurant qu'elles sont seules, elle prononce une formule magique qui lui ouvre immédiatement les portes d'un plaisir clandestin qu'elle chérit plus que tout. Une jeune fille, en haillons et aux yeux noisette, surgit de nulle part. L'enfant se fraie un chemin entre les paniers parfumés et lui chuchote à l'oreille, d'une voix douce et presque cassée, quelques vers licencieux du poète de Nichâpour :

Tant que tu le peux, sois au service des libertins.
Tant que tu le peux, sape les fondements de la prière et du jeûne.
Écoute cette vérité d'Omar Khayyâm :
Bois du vin, vole sur les grands chemins, mais sois humain !

Il n'y a qu'une vieille infirme, ignorée de tous, pour autoriser une fillette à dire un quatrain si inapproprié à son âge et contraire aux bonnes mœurs. Ce petit commerce secret, s'il était découvert – par les Ouzbeks comme par les Soviétiques –, leur vaudrait d'être clouées au pilori par les bonnes femmes de Mouïnak. Mais Elmira couve l'enfant d'un regard complice et lui tend quelques piécettes.

13

Le coucher du soleil enflamme les rives de la mer d'Aral. Un troupeau d'antilopes aux yeux globuleux et au museau mou se faufile dans l'air du firmament. Le vent agite à peine les joncs, un froissement de soie caresse le monde. Une nuit propice à toutes les transfigurations descend lentement, apportant aux hommes dociles l'illusion d'une liberté et d'un courage qu'ils ne possèdent pas.

Costumé en aigle, Nabidjon s'apprête à entrer en transe. Les vibrations du tambour sacré font peu à peu fléchir ses genoux, le libèrent de sa pesanteur. De petits grelots noués à ses chevilles tremblotent. Il a soudain l'impression que son nez se transforme en bec et, délaissant son instrument dont le tempo cogne toujours entre ses tempes sans qu'il en entretienne les pulsations, il lève les bras très haut au-dessus de la tête, pourvu, croit-il, de grandes ailes noires brillantes comme les plaques d'une armure.

Il éprouve un sentiment nuageux et indéfinissable, profondément grisant. Quelques secondes plus tard, le chaman vole au-dessus de la mer et, en même temps, lutte contre la peur naturelle de chuter comme une lourde pierre à travers l'éther.

La lune, astre de toutes les illusions et de toutes les tromperies, s'est levée. Le marin pousse un cri perçant d'oiseau de proie. Il sent bientôt qu'il plane en toute liberté sous la voûte céleste, porté par un souffle gai et ascendant, aux parfums poivrés ; le baiser de la steppe l'accueille en son sein comme une douce respiration.

Ses pouvoirs lui donnent accès à de nouvelles perceptions. Il interroge les esprits, seuls garants de l'harmonie de la nature. L'altitude déforme son visage. Son vol se fait silencieux tandis qu'il s'offre aux rayons de la lune. Des mots stupéfiants sortent de sa bouche, lesquels ne ressemblent à aucune langue connue à la surface de la terre.

La côte mince et sans relief qu'il vient de quitter n'est déjà plus visible. Aucune terre à l'horizon, il arrive en pleine mer. Cette fulgurante traversée l'étourdit, loin des lentes navigations dans le chenal ensablé où les distances sont si laborieuses à parcourir. Nabidjon sait dans quels parages le baiser de la steppe le conduit. Son cœur se serre. La divine géante, à laquelle il va rendre visite, peut tout aussi bien être la grande guérisseuse de son cœur tourmenté que le juge le plus sévère de ses actes irréfléchis. Le phare de Barsa-Kelmes* qui brille d'un éclat vif ne lance plus qu'un halo diffus. Le chaman vole à une vitesse prodigieuse.

En son centre, la mer d'Aral, moins dense, gagne peu à peu en transparence. Les alluvions, dans les rayons de l'astre de nuit, se sont transformées en une poudre mordorée, suspendue entre deux eaux, comme du plancton luminescent. Nabidjon guette un îlot rond, semblable au dos d'un cachalot.

Au fond de la mer, une ombre immense prend forme. Une masse inerte, paraissant plus grosse qu'une épave engloutie. Quand les yeux du marin s'habituent à la clarté de la lune, les lignes d'un corps nu apparaissent à travers les flots. La géante, griffue et chevelue, se dessine couchée sur une étendue de sable. Il devine ses pieds couverts d'un léger duvet. Tout Ouzbek croyant reconnaîtrait en elle l'esprit sacré et plurimillénaire de la gardienne de l'Aral. Rien ne peut égaler sa puissance et sa sagesse. Cette figure incorruptible détient le pouvoir de contrôler n'importe quel esprit humain. Son regard de feu a la réputation de sonder tout individu jusqu'au plus profond de son âme. Dans son sommeil, un léger sourire illumine ses traits sereins et tranquilles, c'est sans doute la paix apportée par la connaissance absolue.

Nabidjon la contemple à travers les vagues et la trouve telle qu'elle est décrite dans tous les récits entendus depuis sa prime enfance. La géante se tient toujours profondément endormie. Le marin est soulagé. Le sommeil de la divine ogresse n'est pas perturbé par les grandes manœuvres des Soviétiques qui maltraitent sa couche. Ses perceptions du monde ont depuis longtemps dépassé les capacités des hommes, elle leur survivra sans doute dans une parfaite indifférence.

Nabidjon se recueille et murmure sa supplication :

— Sauvez-nous, sauvez-nous, je vous en supplie ! crie-t-il à travers l'épaisseur des eaux avant même de connaître les dispositions de la géante à son égard.

Il décrit plusieurs boucles, dessine de larges voltes dans les airs en attendant de recevoir un signe en réponse à sa prière. La tentation de descendre plus bas encore s'empare de lui. Espère-t-il recueillir quelque prophétie ? Parvenu au ras des vagues, il sent qu'une foule de détails frappent son imagination. Les âmes des hommes, leurs prétentions n'ont pas de secret pour cette géante ancestrale, mais les traits de son visage lui paraissent frustes, presque grossiers. Il tente de repousser l'effet de répulsion inexplicable que lui procure soudain la vision.

Alors qu'il s'apaise, il constate avec effroi que la géante commence à s'animer. Une de ses paupières s'entrebâille et brille d'une lueur animale. Sa noirceur infinie frappe Nabidjon. Un froid glacial filtre jusqu'à son cœur. Nul n'ignore qu'il ne faut pas tirer de sa torpeur cette créature aux humeurs changeantes.

Jamais Nabidjon n'a assisté à un tel phénomène.

Le sens de l'équilibre quitte aussitôt le chaman. Sa trajectoire désordonnée dans le ciel rompt le sortilège. Par chance, il réussit à mettre fin à la transe et revient à lui, épuisé et honteux, dans l'obscurité totale du rivage.

Les jours qui suivent, les chalutiers-usines qui jettent leurs filets dans les eaux de l'Aral rentrent au port de Mouïnak les cales vides. Ce sont les pires journées de pêche qu'on ait jamais connues de mémoire d'homme. Et Nabidjon se garde bien de raconter son aventure dans le monde des esprits. Il ne fait aucun doute que la géante a déployé sa longue chevelure au fond de la mer pour former une nasse qui retient les poissons afin de punir les hommes de leur impertinence.

— Où est passée Elmira ? finit par s'agacer Leonid Borisov.

L'incohérence de ses désirs le pousse parfois à agir sans réfléchir. Combattre le mal par le mal. La réclamer pour mieux s'en détourner. Il perd la tête.

Les matrones ouzbeks qui le servent ravalent leur déception. Est-elle si jolie qu'on ne peut l'oublier ? Dans l'obligation de témoigner tous les égards à l'ingénieur en chef, elles lui répondent poliment. La jeune fille serait sur le point d'aller rendre visite à une vieille parente, et les piètres menteuses espèrent qu'il s'en tiendra à cette explication. Mais l'ingénieur insiste et demande à la voir pour qu'elle lui annonce en personne son prochain départ.

De peur de froisser les chefs soviétiques, l'anaxacal impose qu'Elmira reprenne aussitôt sa place dans la salle à manger. Les femmes s'excusent platement auprès de l'ingénieur et prétendent qu'elles l'ont confondue avec une autre enfant du pays.

Après avoir traversé des jours pleins d'espoir et d'attente, Elmira se sent enfin exaucée par les divinités. Une immense vague de bonheur envahit son cœur. Rien ne peut contrarier le grand mouvement cyclique des sentiments sincères.

Désormais, Leonid Borisov affiche ouvertement son étrange attirance pour la métisse en se moquant de ce que pensent les vieilles pies du village. Il essaie de mater la pagaille de ses mèches noires. La joie le rend un peu fou. À sa vue, il se sent perdu. Elle dépose un bol de juteux mantis* et lui verse à boire un doux verre de vin. Chacun de ses gestes monopolise l'attention de l'ingénieur.

La langue russe crée entre eux un pont au-dessus des commérages. Ils s'entendent, leurs sourires s'élargissent.

Lorsqu'ils se retrouvent seuls, Leonid Borisov éprouve un embarras profond auquel il ne souhaite pas mettre fin. La présence de la jeune fille lui ôte le peu de paroles enlevées qu'il croit pouvoir prononcer. Il demeure un long moment figé ; puis Elmira s'approche. Sa main frôle la sienne, il la saisit mais il y a tant de maladresse, de naïveté dans son élan qu'il finit par se lever d'un geste brusque, singeant la virilité soviétique. Le langage physique de l'amour reste à ses yeux la chose la plus obscure au monde. Il vide des verres d'alcool pour arrêter ses pensées. Elmira rougit. Leur gêne s'amplifie au rythme des déjeuners et des dîners dans le réfectoire. Les mauvais jours, il se contente de la saluer d'un geste du menton.

14

Quand une bicyclette est livrée par un camion spécial, ayant rallié le port depuis Tachkent après avoir roulé deux jours sans s'accorder la moindre halte, Elmira réalise qu'elle devient la seule femme de Mouïnak à posséder un tel engin pour son usage exclusif. Elle s'amuse à faire la démonstration de ses talents sous l'œil sévère des matrones. À son passage, elles rabattent le tchédra* sur leurs visages courroucés : pourquoi faut-il toujours que cette fille s'expose aux commentaires ? L'émancipation des femmes, encouragée par les Soviétiques, crée déjà assez de conflits au sein des familles et des couples. Voilà que la métisse pédale dans les rues en riant aux éclats, couchée sur le guidon... Les commères répètent qu'elle les expose toutes au scandale, que c'est à cause de créatures inconscientes dans son genre qu'on a refusé d'accorder une âme aux honnêtes femmes.

Elmira se moque éperdument des ragots.

— Ma famille me reproche d'avoir adopté les mœurs légères des Russes révolutionnaires, je n'y peux rien s'ils nous traitent cent fois mieux que nos pères et nos frères, avoue-t-elle à Leonid quelques jours après l'arrivée du vélo. C'est vrai, les Soviétiques nous ont libérées de la parandja*. Leur loi interdit le mariage des filles de moins de seize ans et proscrit la polygamie. Et nous avons accès aux études, j'en suis la preuve vivante.

Leonid Borisov, lui, est persuadé qu'elle a saisi le sens caché de son présent. Il le lui a offert dans l'espoir qu'elle perçoive la confusion de ses sentiments.

Sur son vélo, Elmira se livre à toutes sortes d'excentricités, accélère, lâche le guidon, lève les pieds des pédales. Un jour, elle prend tant de vitesse en dévalant vers le port qu'elle manque de se briser la nuque en percutant l'ancre massive qui trône sur la jetée. Jamais elle ne passe inaperçue – encore moins sur les quais au milieu des matelots, des capitaines et des charpentiers de marine.

La plupart des hommes de son clan la tiennent pour une demi-folle dont il faudrait freiner les ardeurs. Ils sont exaspérés de la voir déambuler en simple jupe, avec une blouse brodée et les cheveux déliés. Et sa nouvelle manie de circuler à vélo, faisant corps avec la machine dans toutes les postures, n'arrange rien. Pour la surveiller plus étroitement, on lui attribue une maisonnette aux murs blanchis à la chaux, attenante à la vaste demeure de l'anaxacal. Ils partagent une courette ombragée.

Constituée d'une seule pièce basse de plafond, éclairée d'une fenêtre grillagée, pourvue d'une simple natte en osier, sa cellule offre la vision d'un charmant désordre qui lui ressemble. Les niches ogivales ménagées dans les murs débordent de piles de livres. Elle a jadis fréquenté le théâtre de Tachkent dont elle collectionnait les brochures. Elle a vu les mises en scène de Meyerhold, elle s'intéresse à l'histoire, elle lit et relit Gorki ou Maïakovski autant qu'Alisher Navoï, Abaï ou Moukhtar Aouézov.

Elmira incarne l'idéal socialiste : sauver le monde du naufrage capitaliste, éradiquer les classes sociales, atteindre l'égalité entre les hommes et les femmes, entre les Russes et les « nationaux » – il ne faut plus dire « indigènes », selon la nouvelle rhétorique du Parti. Malgré tout, elle constate la triste réalité : en dehors des grandes villes comme Tachkent, les femmes éduquées passent encore pour des insolentes, des indécentes, et inspirent de la méfiance. À moins d'être comme Elmira le fruit d'une union entre un Russe et une Ouzbek, à vivre en toute autonomie, elles risquent la lapidation.

Nabidjon se sent épuisé après trois nuits sans sommeil. Son regard se perd sur l'espace infini. *Où la mer a-t-elle fui ?* se demande-t-il. S'est-elle endormie, se refusant désormais à s'offrir aux hommes ? Aux rivages défoncés par les excavatrices succèdent maintenant de grandes plages désertes. On voit encore quelques larges lagunes, plus ou moins profondes. Au-delà des étendues de vase sèche s'étale une bande de boue noire et grasse, puis une poussière de coquillages et des traînées de varech qui marquent la ligne d'étale. Au loin, la vraie mer n'est plus qu'une plaque d'acier polie, presque aveuglante au soleil, plus inaccessible que jamais. Et quelque part, plus loin encore, invisible sous son linceul, doit dormir la géante.

La colère n'est pas le véritable combustible d'un chaman. Il est guidé par une clairvoyance dont il se sent le seul dépositaire. Un tel don est une malédiction bien plus cruelle que la haine des siens. Il a tout fait pour détourner son esprit du regard courroucé de la divinité. Il ne peut néanmoins s'empêcher de mesurer ce qui le sépare de son clan depuis la transe. Il ne dit rien. Il voudrait abandonner ses croyances anciennes mais il se sent véritablement en danger.

Des villageois ouzbeks pressent l'anaxacal d'exprimer une opinion tranchée. Les canaux géants, la modification radicale des deux grands fleuves sacrés ne peuvent pas être imposés par la force. Il faut associer les pêcheurs aux décisions du Parti. Mais beaucoup des beaux parleurs qui se montrent les plus vindicatifs à l'intérieur du clan se taisent en public, effrayés à l'idée d'être dénoncés à la première critique des travaux.

Selon le discours officiel, la vie sur la steppe sera bientôt moins rude. Une fois les deux grands fleuves canalisés, les Ouzbeks connaîtront une ère de prospérité. Depuis les années 1930, on leur a donné l'ordre de planter du coton sur les terres arrachées au désert. Ils l'ont fait. Les possibilités quasi illimitées de l'hydrologie moderne relégueront, pour le bien de tous, les connaissances artisanales de l'irrigation aux oubliettes.

Dans le clan, le grand rival de Nabidjon, Zafar le moustachu, défend le progrès apporté par l'URSS. À grand renfort d'arguments habiles, il rallie le plus grand nombre à son point de vue. Il sait de quoi il parle ! Il a été enrôlé durant quelques mois dans une brigade d'ouvriers chargés d'imposer une nouvelle méthode de production, avant que la guerre ne vienne l'arracher à sa passion des machines agricoles. Depuis, il rit en voyant passer les vieux paysans cassés en deux sous le poids d'une lourde balle de coton alors que la chaîne où il travaillait en produisait des milliers chaque jour.

— Nous serons à la tête d'immenses plantations, arrosées grâce à la domestication de l'Amou-Daria et du Syr-Daria.

Nabidjon ne peut s'empêcher de sourire. Zafar le foudroie du regard, ses veines gonflent sur son front. Redoutant un véritable affrontement, les deux hommes baissent la garde. Ne sont-ils pas d'accord pour rêver d'un royaume libre et riche, pareil aux khanats d'autrefois ? Une chose est sûre : au fond de toutes les consciences vibre le souvenir de la grande révolte contre la sédentarisation imposée par les Soviétiques. Elle a fait des milliers de morts, femmes et enfants compris, décimés par la grande famine vingt ans plus tôt.

— Tu n'as pas envie de voir la steppe verdir et se couvrir de champs à perte de vue ? susurre Zafar.

Il faudrait être fou pour ne pas l'espérer. Nabidjon n'ose confesser que, à ses yeux, rien ne vaut le plaisir de sentir le pont d'un bateau sous ses pieds, de laisser son regard glisser au ras des vagues, de toujours revenir à sa petite mer du désert. Au fond, pour tout le reste, il n'a que dédain. Comme à l'accoutumée, il se contente de fustiger la passivité des siens, le poids de l'assommante propagande stalinienne, la vie monotone et abrutissante que leur inflige la mère patrie.

Nabidjon le sait, les divinités furieuses ne feront pas la différence entre les adorateurs de la mer et ses ennemis. La puissance purificatrice du feu de l'asha* s'abattra aveuglément sur les villages de pêcheurs et sur le chantier soviétique. La foule des ouvriers, le gigantisme des machines et leur progression rapide ne sont rien en comparaison des éclairs et des tornades que déchaînera la géante de la mer, sœur des esprits vénérés par le prophète Zarathoustra.

Leonid Borisov avise avec méfiance l'inconnu de haute taille qui se tient face à lui. Un Ouzbek dans la cinquantaine, au visage triangulaire, large d'épaules, qui le domine d'au moins quinze centimètres. Son regard las ne permet pas de deviner ses intentions. Dix fois, Elmira a supplié Leonid de recevoir cet homme de son clan – un parent proche, elle n'a pas donné d'autre précision. Leonid a fini par accorder un bref entretien, à condition que personne ne les voie ensemble. Son visiteur s'est glissé jusqu'à son bureau par l'escalier dérobé de la station météo.

Nabidjon, lui, connaît la réputation de fanatique qui colle à l'ingénieur en chef; Elmira soutient cependant qu'il est possible de le toucher au cœur. L'Ouzbek sait aussi que son interlocuteur voit en lui un indigène arriéré mais il bataillera avec les armes à sa disposition: sa solidité minérale mêlée à sa douceur tout orientale, sa capacité de marin à ne jamais dévier de sa route. Comme il l'a décidé en son for intérieur, il attaque d'entrée de jeu:

— Camarade, il faut renoncer à vider la mer.

Leonid Borisov ricane. Il n'attendait pas une requête aussi naïve, énoncée de but en blanc. Il scrute le visage de son visiteur, guettant un signe de déséquilibre mental. Qui est cet illuminé suicidaire? Borisov se sent à son tour observé par l'Ouzbek.

Il répond d'une voix trop forte, d'un ton plus cassant qu'il ne le voudrait:

— Vous pensez vraiment ce que vous venez de dire?

Nabidjon n'est pas homme à se démonter. Ce qu'il sait du monde des esprits lui brûle les lèvres et dépasse de très loin le respect des vieux rapports de domination entre Russes et indigènes colonisés.

— Les esprits sacrés n'ont pas donné leur approbation à votre projet. Nous courons tous de grands dangers. L'humanité dans son ensemble.

L'assertion lui paraît si énigmatique et insolente que Borisov pâlit de colère, il a vite fait de balayer d'un revers de main les croyances de cet homme qu'il tient maintenant pour un sauvage. Et il s'en veut d'avoir accepté de recevoir ce prophète de malheur.

— De quoi parlez-vous ? D'où sortent ces mystérieux esprits ? Vous n'êtes pas musulman ?

— Si, bien sûr, mais il reste dans nos cœurs de vieilles croyances ! Dans le delta de l'Amou-Daria, celles-ci précèdent de plusieurs siècles l'arrivée des cavaliers arabes. Les zoroastriens avaient fait de la mer d'Aral leur berceau sacré.

Nabidjon ne veut plus renoncer, il a prévu de cracher l'histoire terrifiante qu'il rumine depuis des jours. Il révèle à l'ingénieur le secret de la mer d'Aral. Elle renferme en ses profondeurs une divinité endormie qu'il est interdit de réveiller, dit-il avec assez d'effroi dans la voix pour ébranler l'ingénieur. La géante a sa façon propre de rééquilibrer les choses, avec ses propres armes, quand ses lois viennent à être bafouées.

Sorciers et faux prophètes se glissent dans le chaos de l'univers pour tirer profit de la panique des populations ; mais le plus fou est que celui-ci ose se livrer ainsi, pense Borisov.

Nabidjon poursuit, yeux fermés, poings serrés :

— J'ai fait un songe comme seuls en font les chamans, les sages et les saints. Votre chantier est en train de tirer du sommeil la géante. Sa colère sera imprévisible, inimaginable. Nous serons exposés à des cataclysmes épouvantables. Nos croyances nous relient à des puissances très supérieures à celles de la science soviétique. Elles étaient là bien avant la naissance de la civilisation et seront là bien après la disparition des hommes. Vous me suivez ?

Une onde de peur parcourt le dos du jeune ingénieur ébranlé par une nouvelle hypothèse : s'agit-il d'un agent du MGB, grimé en sorcier ouzbek et venu le piéger ? Le simple fait d'entendre de telles absurdités, même sans leur accorder le moindre crédit, l'expose à des sanctions exemplaires.

L'ingénieur se gonfle soudain d'indignation :

— Superstitions ! Superstitions ridicules !

Nabidjon avance d'un seul pas mais son ombre menaçante englobe Borisov tout entier, lequel songe à donner l'alerte. Les gardes patrouillent aux abords de la station météorologique. Soucieux du sort d'Elmira, il se contente de rappeler le marin à la raison. Car, ici, ses équipes et lui n'ont qu'un but : élever les hommes de la steppe, en faire un peuple libre et instruit.

Le chaman ouzbek n'ignore pas que le destin est déjà écrit dans les profondeurs antiques de la mer. L'ingénieur se révèle être l'individu le plus obtus, le plus sot, le plus inhumain, le plus coupé des forces spirituelles qu'il ait jamais rencontré.

Sa bouche dessine une moue méprisante :

— L'homme est la plus stupide des créatures, une mouche dans la main d'un enfant sadique. Il faut qu'il soit confronté à la mort d'innombrables congénères pour commencer à réfléchir. Il s'évertue à oublier sa vulnérabilité, sa petitesse, sa connaissance limitée. Pour les Soviétiques, la valeur de l'existence humaine est réduite à zéro. Contrairement à eux, les créatures naturelles n'ont jamais perdu de vue le sens précieux de la vie.

15

Par un matin d'une chaleur étouffante, lassé des colonnes de chiffres et des courbes, le jeune ingénieur invite Elmira à fuir la fournaise du port pour s'élancer au hasard, à bord d'une jeep de l'état-major. Sans se l'avouer, ils sont en quête d'un lieu à l'abri des regards. Ils foncent vers la ligne d'horizon, s'enivrant des grandes claques de vent. Devant eux, le fond de la mer asséché, dépourvu du moindre brin d'herbe, se jette sous les roues. Et s'ils se retournaient, ils pourraient contempler les cristaux jaunes de sable que soulèvent les gros pneus crantés de la voiture. Elmira détache son foulard, ses longs cheveux noirs se déploient dans le vent comme un étendard.

Ils roulent longtemps sur les pistes, tout un maillage a été dessiné par les convois de camions militaires qui ont quadrillé l'espace. Mais les traces de pneus sont parfois si embrouillées, effacées par des arabesques si compliquées, qu'il vaut mieux se fier aux anciens repères des caravaniers. Ils s'arrêtent pour écouter la mélodie secrète des dunes poussées par le vent, les notes rauques et déchirantes de ces baleines de sable.

Ainsi, après trois ou quatre heures de route, ils atteignent les rives d'un petit golfe. Elmira, étincelante au soleil, les joues brûlantes, s'avance sur la plage.

— Je vais me baigner, lance-t-elle.

À peine a-t-il tenté de la retenir qu'Elmira court vers les vaguelettes. La mer monte autour de ses hanches, ceinture bientôt sa taille. Le soleil lui a peut-être chauffé la cervelle au point de lui faire oublier la pudeur la plus élémentaire. Elle plonge les mains dans l'onde pour se rafraîchir le cou, le front et les bras. Leonid Borisov a le souffle coupé devant le tableau de sa nudité.

— Je n'ai jamais été aussi heureuse, soupire-t-elle dans un profond ravissement.

Le bain est un remède miraculeux. Le sentiment océanique qui l'envahit la rapproche du soleil, de l'éternité, de l'univers. Mains sur les hanches, elle se tourne vers son amant. Pourquoi n'est-il pas attiré par la petite mer des origines ? Qui refuserait de retourner au sein maternel ? Ce monde brut où tout a commencé pour l'homme.

Leonid Borisov reste interdit, incapable de faire un pas. Toujours ces nœuds dans le ventre, tout ce qu'il s'efforce de retenir. Il lutte contre un sanglot qui enfle soudain dans sa gorge. Il a l'impression de se désintégrer. Elmira court vers lui, essaie de l'attraper par les mains, de l'entraîner. Bien que sensible aux vibrations qui émanent de la jeune fille, l'ingénieur reste glacé.

Un peu plus tard, ils se couchent sur le sable. Sans réfléchir, il vide son sac. Raconte ses années de vagabondage, sa mère, son masque de froideur. Son ascension s'accompagne d'un sentiment d'imposture. Elmira tremble en l'écoutant. Jamais il n'a prononcé des mots aussi sincères. Un torrent de paroles. Il éclate en pleurs, hoquetant comme un gosse. Ils restent longtemps serrés l'un contre l'autre, enveloppés dans l'émotion des révélations.

Soudain Leonid Borisov se dresse sur ses pieds, se met à courir et se jette dans les vagues. Il ouvre les bras. Chaque cellule de son corps palpite d'une sensation inconnue qui lui fait l'effet de picotements. Il s'emplit les poumons d'air. Pour la première fois, il goûte à l'apaisement qu'offre la mer.

Gagnée par l'inspiration, Elmira Korsakova déclame en persan les doux vers du poète Omar Khayyâm qu'elle lui traduit aussitôt en russe :

Aujourd'hui si tu as accès à la joie
Réjouis-toi, car la seule pensée de demain n'est qu'une chimère.
Sache que rien ne restera pour toi
De ce que tant d'autres ont laissé sur place.

Leonid cède à ses avances pour la première fois. Il ne sait plus ce qu'il fait quand elle le couvre de baisers.

Les crêtes des vagues sont soulignées d'une fine couche de vieil or. L'ingénieur, libéré de sa pesanteur, se délasse par des mouvements de natation, des gestes lents, puis il se laisse flotter, réduit à un simple amas de nerfs et de muscles inertes, brassé par le ressac. Il ressent, dans ce suspens, le temps à l'état pur. Ses poumons se gonflent doucement. Le moment est venu de laisser vivre les sensations interdites qui circulent en lui. Il avait oublié qu'il avait un ventre, des jambes, un sexe. Même le désert, dans lequel il n'avait rien vu d'autre qu'un vide angoissant, s'ouvre maintenant devant lui. Et Leonid éprouve le désir de se détacher, morceau par morceau, de l'ambition, de la conquête, de la volonté de puissance, et ce désir n'est pas si compliqué à vivre.

De nouvelles larmes de confusion lui montent aux yeux. Et si ce paysage ne relevait pas d'un simple assemblage d'atomes, dépourvu de mystère, comme le prétend la doctrine marxiste ? Si sa lutte acharnée contre la mer minuscule était absurde ? À quoi bon l'élévation, les poses victorieuses, quand il suffirait de se prosterner devant l'élan vital qu'elle insuffle ?

Elmira sourit en reconnaissant les arômes d'absinthe et de genévrier qui flottent dans l'air. Un élan de tendresse les traverse, à l'idée qu'ils se fondent ensemble dans le grand cycle de la nature, à l'idée que chaque gramme de leur chair est destiné à un grand mûrissement, à un commencement inévitable et à une fin nécessaire. La modestie touchante de la petite mer ouvre à Leonid les portes d'une sensibilité nouvelle.

Un instant, il se dit qu'ici, bientôt, on ne trouvera plus qu'un lac salé, puis l'étendue d'eau se réduira encore comme peau de chagrin. Les hommes pourront cependant témoigner, à l'échelle dérisoire de leur courte vie, qu'il a existé une mer rafraîchissante où l'on pouvait se baigner quand les chaleurs rendaient l'air irrespirable. Leonid craint soudain de sombrer dans une sorte d'idiotie béate, une sottise de poète.

Il soulève Elmira par la taille. Elle ferme les yeux, il sent fondre ses défenses. Il glisse sa langue dans sa bouche, presse son bassin contre le sien. C'est la première fois qu'il touche une femme. Elle vacille, se laisse embrasser avec volupté. Sans le moindre artifice. Elle s'abandonne à son amant, les yeux perdus à la surface des eaux dormantes.

À leur retour à Mouïnak, les rafales se signalent par des sifflements prolongés ; le baiser de la steppe s'en donne à cœur joie. Une terrible tempête fait rage. Les vagues de la mer d'Aral affrontent les dunes du désert qui s'éparpillent en de longs nuages de poussière. Les roseaux sont couchés au ras du sol.

En ouvrant sa fenêtre le lendemain matin, Leonid Borisov est projeté en l'air, cul par-dessus tête, pas plus lourd que le grain de poussière, l'aile du moucheron, le pétale du coquelicot ou le fétu de paille auxquels il se retrouve aussitôt mêlé. L'évanouissement est sans doute la meilleure des choses pour débrancher sa pauvre cervelle paniquée.

Reprenant peu à peu connaissance, il se rend compte, aux ecchymoses qui couvrent ses bras et ses jambes, qu'il a dû faire une chute vertigineuse mais, fort heureusement, son point d'atterrissage lui paraît doux, souple, presque moelleux. C'est une large flaque de vase, épaisse et tiède. Avec effroi, il réalise que ce bourbier est occupé par une vingtaine de porcs.

Par le plus grand des mystères, le grand vol plané a métamorphosé Leonid Borisov lui-même en pourceau. Il a néanmoins conservé la faculté de se tenir debout et de raisonner à la mode humaine, mais il se trouve pourvu de petits sabots fendus et d'un groin rose, fort sensible aux odeurs. Quand il comprend qu'il est condamné à la fréquentation de ces bêtes répugnantes qui se mettent bientôt à le fixer des yeux, il tente de s'échapper de la mare. Les bords sont d'une fange si grasse et luisante qu'il échoue à chaque tentative, glissant lourdement dans les eaux.

— Inutile d'insister, l'avertit un porc, qui porte un monocle et tient une tasse de thé en fine porcelaine de Chine.

Quels actes peuvent justifier ce sortilège ignoble ? Parmi les porcs qui l'entourent, certains se rient de leur métamorphose et se laissent flotter au fil de la boue avec délice, d'autres pleurent de contrariété. Cette transformation ne peut refléter que la bassesse des désirs humains. Or, lui ne s'est jamais vautré dans la luxure, il n'est même pas porté sur la sensualité et rien ne justifie qu'il soit prisonnier du corps d'un animal sale, grotesque et synonyme de dépravation.

— Qu'est-ce qui nous vaut cette incarnation bestiale ? demande-t-il à l'un de ses semblables.

— Vous ne le savez donc pas ? lui répond avec un mélange d'étonnement et de mépris un porc pie au fort accent géorgien, les flancs recouverts de soies épaisses au point de ressembler à un cochon sauvage.

— Non.

— Nous sommes tous morts et réincarnés.

— Avez-vous entendu parler de la métempsychose ? lui dit un autre, plus distingué, qui porte une chemise à jabot et une casquette écossaise.

— Oui, bien sûr.

— Notre aspect physique reflète notre vie humaine d'autrefois.

— Dans ce cas, c'est la pire des erreurs en ce qui me concerne, s'échauffe Leonid Borisov. Je n'ai jamais été « cochon » le moins du monde. Je connais à peine le désir physique. Seulement préoccupé par le Parti, j'ai toujours été de la plus grande rectitude morale.

À ces mots, tous les porcs partent d'un énorme éclat de rire. Ils se dressent sur leurs pattes arrière. Leurs larges oreilles vibrent, ils battent des pattes à la surface de la boue et s'éclaboussent.

— Mais voyons, il ne s'agit pas de sexe, ni de concupiscence ! dit son interlocuteur en posant les sabots sur ses hanches, quand il arrive à reprendre son sérieux. Pas le moins du monde !

— De quoi s'agit-il, alors ?

— Comme nous tous, ici réunis, vous avez été guidé par la barbarie du cœur, voilà ce dont il est question. Et c'est la raison pour laquelle nous voilà dans cette mare de boue pour notre pénitence. Et si vous me permettez une anecdote personnelle, dit-il en tirant une révérence ridicule, j'étais moi-même autrefois chambellan du tsar !

— Je n'ai jamais été qu'un esprit, un pur esprit ! s'écrie l'ingénieur.

— C'est encore pire, car il ne fait aucun doute que l'humilité réside tout d'abord dans le corps.

À son réveil, Leonid Borisov est saisi d'horreur. Il garde le lit huit jours, incapable de proférer un mot, en proie à une fièvre qui pourrait l'emporter dans la tombe, se contentant de fixer des yeux les papillons de nuit qui tournoient autour de son plafonnier électrique.

Quand il est rétabli, il émet le vœu de revoir Elmira. Recroquevillé dans son lit, claquant des dents, il s'est promis de ne plus jamais renoncer à la serrer dans ses bras. Sans toutefois se laisser aller à trahir leur secret.

Se moquant bien des conséquences de leur amour, elle le rejoint aussitôt.

16

Les journées lumineuses qui suivent la baignade avec Elmira, puis le grand accès de fièvre plongent Leonid Borisov dans des désirs impossibles à contenir. Peu à peu, il délaisse le chantier pour s'adonner au badinage amoureux.

Quelquefois, des brèches s'ouvrent dans la conversation tantôt gaie, tantôt grave des amants. Elmira devient son idéal scintillant, sa muse, son aiguillon ; elle lui ouvre les portes d'un nouveau monde, l'initie au pouvoir des idées, à la liberté, poussant l'argumentation toujours plus loin.

— Crois-tu que l'inverse sera possible ? se risque-t-elle à lui demander un jour, laissant affleurer quelque chose des douloureux questionnements intérieurs qui la hantent désormais.

— L'inverse ? s'étonne-t-il.

— La science permettra-t-elle un jour de faire renaître comme par enchantement une mer au milieu d'un désert ?

C'est une question qu'il ne s'est jamais posée, mais de toute évidence la grande transformation de la nature lui paraît irréversible. C'est un fait.

Elmira cherche à convaincre Leonid qu'il est indispensable d'épargner la population de pêcheurs qui a toujours vécu des largesses des eaux. N'ont-ils pas conscience d'être des invités temporaires et insignifiants dans le cycle infini de la mer ? Mais Borisov argue du fait que d'immenses plantations de coton leur offriront le bien-être moderne nécessaire à une vie heureuse. Ils restent troublés par leur désaccord et passent quelques jours sans plus aborder de sujets sérieux.

Bientôt, Elmira revient à la charge. Ici, les humains vivent d'abord de poésies et de légendes. Qui n'est pas doté d'une imagination fantasque ne peut pas espérer survivre sur les rivages calcinés de la mer du désert. Tant d'épreuves ont déjà été surmontées par ce peuple ! Il ne doutera jamais de sa capacité à résister.

Leonid Borisov est dérouté. À ses yeux, les Ouzbeks ont tout perdu de l'ancien esprit belliqueux de Gengis Khan. Ils sont devenus de dociles alliés, loin d'une nation en passe de sortir de la servitude. Il tient les réflexions de sa compagne pour romantiques et littéraires, comme elle en nourrit tant. Elle ne cesse pourtant de répéter qu'un grand homme ne saurait être dépendant d'un dogme comme celui qu'impose l'État soviétique, que seule la liberté porte un héros.

Par une nuit calme et épaisse, sans étoiles, qui a placé Mouïnak sous une cloche de silence, des ombres s'animent. Des buissons d'épines se consument. Les étincelles s'éparpillent dans le noir. Le port entier se trouve bientôt encerclé par les flammes. Les fumées et le crépitement des feux réveillent les habitants qui se précipitent au seuil des maisons, saisis d'effroi. Les balises allumées par les incendiaires dessinent les contours du chantier et des baraquements où dorment entassés les ouvriers.

Les voix de Nabidjon et Zafar s'élèvent dans l'obscurité, cassantes, ne souffrant pas d'objection, ordonnant à une bande d'hommes armés de tambouriner aux portes.

— Sortez de là, dépêchez-vous !

Elmira et l'anaxacal, les yeux gonflés de sommeil et la démarche hésitante, s'avancent jusqu'au portail de leur grande bâtisse, cherchant à déterminer les intentions de la petite troupe. À travers les incendiaires, la jeune fille reconnaît les regards fendus, les joues tannées et les grosses moustaches tombantes des Ouzbeks. Ces hommes qui paraissent apathiques sur les quais, les ponts des bateaux ou dans les conserveries ont renoué avec les réflexes lointains de fiers guerriers. À vrai dire, à la lueur des torches, ils ressemblent aux légendaires basmatchis* qu'on croyait à jamais disparus.

De combien de fusils disposent-ils ? Une trentaine ? Une cinquantaine ? Deux adolescents d'à peine quinze ans promènent une vieille mitrailleuse en pièces détachées. Les combattants prennent place au centre d'un grand cercle tracé autour de Nabidjon, en selle sur un étalon bai. Entre les pans de son khalat matelassé luit la crosse d'un revolver Nagant. Il se tait, le visage sculpté par une solennité inhabituelle.

— Il ne faut pas subir à genoux. Le dieu Marx corrompt tout. À bas l'oppression et la cruauté ! Vive la liberté ! s'écrie-t-il soudain.

Son regard d'aigle parcourt la petite foule où se mêlent femmes, enfants et nomades de la steppe aux visages secs et osseux. Il émane de Nabidjon une aura éblouissante et inédite. Il reprend sa harangue :

— Les Russes nous font passer pour des arriérés, nous font oublier que nous sommes issus d'une grande civilisation vieille de plusieurs siècles. Nous sommes capables de décider de ce qui est bon pour nous. Ils veulent nous retirer la mer et avancent masqués en prétendant qu'ils viennent nous équiper d'un réseau d'irrigation moderne. C'est un mensonge grossier. La mer va être entièrement asséchée et le désert recouvrira tout après leur passage. Notre vie deviendra impossible. L'heure est venue. Nous n'avons plus à avoir peur. Ils doivent partir, nous rendre notre pays.

Des hurlements s'élèvent des poitrines, Zafar les accompagne en tirant un coup de fusil en l'air. Dans ses yeux apparaissent les lueurs d'une joie effrayante. Tous sont déterminés à chasser l'envahisseur. Les gamins, les joues rougies par les feux et le tumulte, se mettent à courir en tous sens comme de petits cabris.

Le président du kolkhoze, deux pas en arrière, n'ose pas ouvrir la bouche. Zafar le moustachu se risque à le débusquer :

— Les communistes nous ont bernés. Ils prétendaient que nous serions sur un pied d'égalité avec les Russes, même le grand Lénine l'avait promis : « L'impérialisme est mort, nous sommes vos frères de Moscou. » Mais nous sommes tout juste autorisés à nous asseoir à la place des enfants, à manger les miettes qu'on consent à nous jeter.

Sulaymonov, pâle et fermé, prend peur. Le petit hiérarque du Parti local sent que son talent d'orateur ne lui sera d'aucun secours face à des rebelles qui savent toucher le cœur des gens. Pourtant le président de la coopérative voudrait rappeler qu'il n'y a pas si longtemps encore, du temps du Turkestan, ils n'étaient qu'un ramassis de nomades empêtrés dans les guerres et qu'avant la victoire des Soviétiques, ils ne possédaient pas le nom ni l'unité d'un véritable pays. Les communistes russes leur ont conféré le statut de nation. Trop tard. La nouvelle de la rébellion doit déjà s'être répandue sur les rives de la mer d'Aral, peut-être même jusqu'aux tribus kazakhes, tadjikes ou kirghizes. L'incendie de la liberté se propage. Le soulèvement général des Ouzbeks a commencé.

L'exaltation ne retombe plus dans les rangs de la troupe. Les yeux piquent mais d'autres buissons, des saxaouls secs sont enflammés. Les hommes rient et crachent leurs poumons dans les vapeurs brûlantes. À la va-vite, Nabidjon distribue les titres et les échelons, improvise une hiérarchie dans cette armée clandestine en tenant compte des âges, des musculatures et de l'attention respectueuse portée aux aînés. La répartition dure assez longtemps pour s'assurer que personne, pas un frère, pas un cousin, pas un oncle, pas un débiteur, pas un prêteur, pas un commerçant influent, pas un savant lettré n'a été oublié. Pas une mahalla, pas un lignage n'est laissé à l'écart, les chefs renégats connaissent les usages les plus subtils des clans. Et les mornes divisions administratives soviétiques comme les règles de la coopérative ouvrière volent en éclats. Les révoltés se dévisagent, conscients que la loyauté aux patriarches a déjà un goût de sang et un écho d'épopée.

Les points rouges des cigarettes indiquent au loin la présence d'ouvriers russes et peut-être de miliciens qui se sont approchés, attirés par les feux et les cris, mais chacun sait qu'ils n'entendent rien à l'idiome étincelant des Ouzbeks. Fébrile, une petite délégation s'avance vers eux dans la nuit.

— C'est notre fête nationale ! se contente-t-elle de dire en russe pour les égarer.

En quelques semaines, les habitants de Mouïnak prennent le parti des rebelles. Réunie en secret, la bande de Nabidjon cherche à se donner une pensée politique, une densité, un plan d'action, mais les débats débouchent toujours sur une grande confusion. Faut-il saboter une digue ou voler un camion ? Ils se cherchent un nom, un sigle, un drapeau mais décident, à l'issue des discussions, qu'on les appellera les nouveaux basmatchis. Pour tout gamin de la steppe, ce nom fait jaillir du passé le visage en lame de couteau d'Ibrahim Bek*, son épaisse barbe noire et son turban de l'émirat de Boukhara.

Quelques jours après cette grande veillée, des combattants prennent place au bord de la falaise. Les gamins, à plat ventre contre le sable dans la fournaise, guettent la route. Zafar a d'abord résisté à toute idée de rébellion mais son ralliement n'en a que plus de valeur. Il est devenu une sorte d'enragé et a entraîné avec lui une poignée de jeunes de Mouïnak : Norbek le bègue, Rustam, son frère Behruz, Alfara, Akmal – ils représentent la force vitale de la petite ville. Des adolescents aux corps maigres et anguleux, aux cheveux bouclés d'un noir de jais, que la pauvreté et la faim maintiennent dans une fièvre continue. Tous prêts à se faire trouer la peau pour la cause ouzbek.

L'opération a été entourée du plus grand secret. Ils se tiennent sur les bords escarpés du Tchink et se forcent à rester éveillés en attendant le convoi, les yeux fixés sur l'unique route qui longe les hauteurs.

On n'a jamais vu un indigène lever la main sur un maître russe, mais à coups de discours sentis, Nabidjon leur a ouvert les yeux sur les mensonges du marxisme-léninisme. Ils se sentent déshonorés. Les chefs rebelles qui les ont enrôlés ne leur ont promis que souffrance, sacrifices et clandestinité. Après, il ne sera plus jamais possible de reprendre le cours de sa vie sur le port ou sur les bateaux. Les gamins le savent et se grisent des dangers à venir.

À la colonne de poussière qui se soulève dans la steppe, ils savent que le convoi approche : trois ou quatre voitures hors d'âge et une excavatrice géante posée sur le plateau d'un camion. Dix ou quinze ouvriers tout au plus rejoignent le chantier d'une des digues.

Au signal de Zafar, ils enflamment une charrette et la précipitent du haut des rochers. Au même instant, ils ouvrent le feu. Les tirs sont brefs et regroupés.

Le guet-apens ne laisse aucune chance. Les ouvriers, sortis des voitures, reçoivent les rafales en pleine poitrine. Leurs corps criblés de balles s'effondrent. Puis, le silence est total. Les fusils restent en joue, l'odeur de poudre n'est pas retombée. Les jeunes rebelles s'attendaient à braver le danger mais en vérité ils les ont tirés comme des lapins. Ils n'ont pas eu le temps d'éprouver ni la peur de mourir, ni le vertige des luttes au corps à corps auxquelles ils se sont préparés pendant les exercices dans le désert. C'est un massacre. Bien loin de l'image glorieuse qu'ils se faisaient d'un noble combat digne des fiers cavaliers nomades de la Horde d'or. La rapidité de l'action leur laisse un goût amer. Ils avaient imaginé s'embrasser, s'attraper par le cou, tirer en l'air après la victoire, mais personne n'a plus envie de manifester la moindre joie.

Norbek le bègue, la cervelle mangée par la frustration, dévale la falaise. Il se blesse les mains en s'agrippant aux rochers pour ne pas perdre l'équilibre, il chute, se relève et court jusqu'au premier cadavre. Quand il s'agenouille, c'est pour le taillader de coups de couteau. Zafar lui hurle d'arrêter. Sans succès. Norbek s'acharne, il passe ses nerfs sur la dépouille jusqu'à ce que la main puissante de Zafar s'abatte sur son épaule, l'obligeant à lâcher son poignard. Le chef s'apprête à le rosser. Mais le gamin s'est recroquevillé, mains plaquées sur les tempes.

La fouille des voitures et du camion confirme que les ouvriers ne disposaient pas d'armes. Les rebelles ont massacré des ennemis sans défense. Et si la nouvelle s'ébruite, c'est leur lâcheté qu'on blâmera.

Le temps s'étire dans la sidération.

— Brûlez tout ! ordonne Zafar, les yeux exorbités par la colère.

Les cadavres sont traînés sous le camion, le réservoir d'essence est aussitôt embrasé. Tous reculent devant la hauteur des flammes et l'odeur de pneus brûlés.

— Nous n'avons jamais tiré. Nous n'étions pas là, leur fait répéter Zafar. Ce n'était pas le convoi que nous visions.

En rentrant à Mouïnak, les combattants foncent chez l'édile Sulaymonov. Est-il déjà au courant ?

— Où que vous vous cachiez désormais, les Russes vous châtieront ! prophétise-t-il, abattu. Il ne devait pas y avoir de troubles. Je m'y étais engagé en notre nom à tous auprès de Leonid Borisov. Je ne pourrai pas vous protéger après ce qui s'est passé.

Zafar s'avance pour faire taire ce chacal orgueilleux.

— Si jamais il me revient aux oreilles que quelqu'un nous a dénoncés, je te tiendrai pour personnellement responsable.

— Tu crois qu'ils abandonneront leurs digues en construction à cause de quelques morts ? Tu ne connais pas les Soviétiques.

17

Malgré les efforts acharnés des milliers d'ouvriers, la mer d'Aral ne sera pas effacée de la surface du globe avant deux années d'un labeur continu. Les calculs vérifiés et revérifiés par Leonid Borisov, tenant compte des jours de pluie comme de ceux frappés par un soleil ardent, des saisons et même d'une année bissextile, ne permettent pas de prévisions plus encourageantes. Les récents troubles liés aux rebelles de Mouïnak risquent de ralentir encore la bonne marche des opérations.

En conséquence de quoi, le jeune ingénieur se penche sur son avenir avec lucidité ; pour la première fois, il songe à l'incidence de sa vie privée sur sa mission, à la dispersion qu'engendre l'amour. Une boule dure se forme dans sa gorge. S'il veut rester honnête avec lui-même, il doit affronter la réalité : excepté la mise en œuvre de la révolution communiste, tout est un divertissement méprisable, résultant de hasards douteux. La plupart des gens sont vulnérables, aveuglés par d'étroits sentiments comme la pitié ou la compassion, ils n'accompliront jamais de grandes actions.

Un jour qu'Elmira se blottit contre lui comme il n'a jamais rêvé qu'aucune femme le ferait un jour, Leonid Borisov croit être dessillé. Son affection est un poison destiné à l'amollir au goutte-à-goutte, son hédonisme est la plus puissante des drogues, vouée à engourdir son intelligence aiguisée et ses ambitions. Son cœur se trouve soudain déchiré par d'affreux remords. Seules ses convictions marxistes doivent le guider. C'est un choc. Laquelle de ses aspirations faut-il trahir pour continuer à se tenir debout sur ses deux jambes et espérer une nouvelle aube ? Il redoute de se figer sans pouvoir choisir. De tomber mort d'indécision face aux deux chemins qui s'ouvrent devant lui.

Une nuit, la vision horrible de son cadavre mutilé et jeté le long d'une route le prend à la gorge. Peut-être s'est-il épris d'un rêve d'amour plus que d'un amour véritable. Une révolution s'opère en lui, un processus mental qui l'arrache peu à peu aux bras d'Elmira et le fait lentement revenir à son ancien penchant qui l'incline à se croire exclu du cercle des humains, perché à une altitude où le commun des mortels ne peut respirer. Leonid se résout avec calme et froideur à couper les ponts avec sa bien-aimée. En un rien de temps, il se montre hostile, secret et cadenassé.

Et si les douleurs d'enfance remontent, comment fera-t-il sans elle ? Il y arrivera. Ses yeux se sont accommodés à la noirceur jusque-là. Une résignation inébranlable s'enracine dans son cœur. Il a bientôt la certitude que la passion qui le lie à la métisse de Mouïnak met en péril le grand dessein auquel il a consacré sa jeunesse, son feu, sa vie.

Dès lors Leonid Borisov passe la majeure partie de son temps enfermé dans son bureau, seul. Les rares fois où il met le nez dehors, c'est pour inspecter le chantier.

Elmira n'a rien vu venir. D'abord étonnée par un si brusque changement d'humeur, elle se sent bientôt humiliée. Privée de nouvelles depuis plusieurs jours, elle se présente au bureau de Leonid mais trouve la porte barrée par deux miliciens. Quiconque d'un peu humain aurait le cœur serré à la voir piétiner à sa porte. D'un coup, elle fond en larmes.

Les jours suivants, elle revient pour soudoyer les cerbères, leur soutirer quelques renseignements. En vain.

Elle emploie toutes ses forces à se persuader que son amant lui reviendra.

— Seigneur, viens en aide à Leonid afin qu'il trouve la voie vers Toi, ses pensées le font souffrir du matin au soir, murmure-t-elle dans une prière.

Elle repense à tous ses efforts pour l'extirper de sa mélancolie. Comment est-il possible qu'ils deviennent d'un coup deux étrangers ? Elle voudrait se glisser dans sa part d'ombre. Il ne lui reviendra que s'il consent à cet aveu :

— Pardonne-moi, il y a quelque chose en moi qui ne vit pas. Je me détruis. Je me leurre en croyant n'exister que pour le Parti, ce n'est pas la vie.

Au fond, il se sent indigne d'elle. Toute cette souffrance, elle saura l'accueillir, la comprendre le moment venu.

Désormais, elle chérit les signes, les prémonitions, les doux pressentiments. Mais, aussitôt après, elle se sent pâlir, s'enfoncer dans un marécage de rancœur. Son heure bénie est passée. Son cœur supplicié se tord. Elle n'a pas l'intention de se rendre. Voilà qu'elle se remet à pleurer. Tout est profané, prend un goût vicié et infect. Un affreux bourdonnement s'installe entre ses oreilles.

Quelle faute odieuse a-t-elle commise pour lui déplaire, presque à le dégoûter ? Il faut buter sur ce mystère sans pouvoir sonder son cœur, voilà son triste sort, sa condition de femme. Une chienne de femme sur laquelle n'importe qui peut cracher ou s'essuyer les pieds. Elle préférerait mourir plutôt que d'attendre plus longtemps.

Elmira fait à nouveau le siège du poste de commandement. Mais chaque fois qu'elle l'aperçoit et tente de s'approcher pour lui adresser la parole, Leonid la cloue sur place d'un regard si glacial que les mots se bloquent dans sa gorge. Un petit filet de sueur descend entre ses omoplates. Le jeune ingénieur s'entoure en permanence d'une cour de collaborateurs dévoués ou s'éloigne à grandes enjambées. En temps normal, sa fierté interdirait à Elmira d'insister.

Fidèle à lui-même, Leonid Borisov reste muet après l'attentat commis par les rebelles et n'apparaît plus en public qu'à de rares occasions, se contentant de monter en tribune pour inaugurer une digue ou pour fêter l'arrivée d'une nouvelle machine. Elmira, de son côté, renonce à toute relation avec son clan, persuadée qu'en organisant la rencontre entre Nabidjon et Leonid, elle a précipité Mouïnak dans le plus grand des malheurs. Et, au fil du temps, la mauvaise conscience tisse entre eux un lien aussi fort que l'amour.

Après quelques mois d'attente, elle sollicite une entrevue par la voie protocolaire, en tant que porte-parole des Ouzbeks. Ne sachant quel accueil lui sera réservé, Elmira paraît en grande tenue de deuil par égard pour les ouvriers tués dans l'attaque, le visage ceint d'un voile noir frangé de perles nacrées. Dès qu'elle voit Leonid, elle a l'impression de sortir d'elle-même.

— Je suis devenue une pestiférée. Tu te détournes de moi, murmure-t-elle dans un souffle brûlant.

Blême, il recule d'un pas. Ils restent interdits un long moment. Mâchoires serrées, il lâche enfin :

— Je ne veux pas m'attacher. Je ne laisserai personne m'accuser de faiblesse. Je ne serai jamais un renégat soviétique. Le Parti a proscrit toute passion amoureuse en tant qu'entrave à l'action. Tu es venue m'espionner pour le compte des bandits nationalistes ?

Consciente qu'il a endossé son armure d'insensibilité, Elmira redouble d'obstination.

— Tu es lancé dans une fuite en avant. Tu es obsédé par la maîtrise de tes émotions, tu en deviens fou et dangereux.

Elle baisse les yeux. La sincérité de la jeune femme fait cogner le sang contre les tempes de Leonid.

— Elmira, tu souhaites donc qu'une grande rébellion éclate et que les hommes de ton clan soient écrasés jusqu'au dernier ?

Il veut en finir :

— Je ne trahirai jamais mon pays. J'ai le sentiment de vivre dans une patrie belle et juste. Mes élans personnels ne doivent pas obscurcir ma lucidité.

Quelle tristesse, pense-t-elle, *de voir s'éteindre la sensibilité dont témoignent sa belle bouche enfantine et ses longs regards mélancoliques.*

— Ces rebelles qui se prennent pour de nouveaux basmatchis n'ont aucune chance de vaincre la plus grande armée du monde.

Alors qu'il prononce ces paroles belliqueuses, il n'a jamais été aussi conscient de ce qu'Elmira représente à ses yeux.

— Laissons de côté la mer, Staline, les rebelles..., supplie-t-elle. Maintenant, on peut tout se dire.

Il s'en faut de peu pour qu'ils s'embrassent. Pourtant Leonid Borisov poursuit :

— Je ne te reproche rien, mais il ne peut plus être question de se voir.

Hostile et silencieuse, Elmira franchit la porte de son bureau. Elle court à travers le village avant de s'enfermer à double tour dans sa maison, volets clos. Les matrones de Mouïnak espèrent entendre s'élever des pleurs déchirants, elles sont déçues et maugréent que l'écervelée a même l'insolence de cacher son déshonneur.

18

La silhouette longiligne d'Aristote Bérézinsky traverse en deux enjambées élastiques l'antichambre de son cabinet. Leonid Borisov l'entraperçoit par l'échappée du corridor; tout juste parvient-il à voir que son mentor porte de longs gants en caoutchouc, une blouse blanche maculée de sang et affecte un air grave comme un chirurgien au sortir du bloc opératoire. Son disciple prête à ce dernier le savoir des philosophes antiques, capables de maîtriser les différentes disciplines de la connaissance. Quand il n'use pas ses yeux sur de vieux traités de navigation dévorés par les mites, sur les planches de naturalistes marins embarqués à bord de grandes explorations, Bérézinsky s'adonne à toutes sortes de dissections de créatures aquatiques.

Depuis deux jours, Leonid Borisov est rentré à Moscou dans l'espoir de leur entrevue.

En découvrant son protégé, le visage du haut dignitaire s'éclaire d'un sourire accueillant. Le jeune ingénieur s'avance, toujours impressionné par les changements d'expression qui déforment le masque sévère et altier du grand homme. Entre les pans de la blouse, l'uniforme du maître est orné d'une constellation de médailles qui fait barrage entre eux.

Ils se donnent une accolade franche. Mais en se détachant de son poitrail, Bérézinsky s'étonne du visage pâle et ravagé d'angoisse de son disciple. Il lui fait signe de le suivre pour s'entretenir dans une pièce où ils ne seront pas dérangés.

Tandis qu'ils longent des étagères qui referment d'innombrables échantillons d'algues rouges, d'éponges de Paros et d'étoiles de mer, Leonid Borisov se demande s'il faut croire aux vertus de l'autocritique.

L'ingénieur-amiral prend place derrière son bureau au lourd plateau d'acajou porté par les défenses de narval et le fixe de son regard dur et pénétrant. Un long silence s'installe entre eux. Borisov est pris de vertige, craignant de se lancer dans un discours sans en mesurer la portée exacte. Ses yeux se perdent dans le vague. Tant d'insomnies ont brouillé ses traits, tant de privations l'ont affaibli depuis sa rupture avec Elmira, six mois plus tôt. Il a sondé le fond de son âme et s'est avoué qu'il éprouvait un trouble dont seul son mentor pouvait le libérer.

— Nous atteignons notre but, la mer d'Aral est à l'agonie, dit-il d'une voix ferme. D'ici quelques mois, elle aura disparu.

Malgré cette bonne nouvelle, un malaise marque leurs retrouvailles. L'observation minutieuse de sa physionomie conduit Bérézinsky à une certaine méfiance :

— Pourquoi, dans ce cas, as-tu un visage défait et un air abattu ?

Leonid s'enfonce dans son fauteuil. Ses émotions le paralysent. Puis, poussé par un élan de sincérité, il avoue qu'il ne parvient plus à suivre les règles strictes qu'il s'était fixées. Il n'avait pas prévu de confesser sa faiblesse d'âme mais le magnétisme de l'ingénieur-amiral ne lui a pas laissé le choix.

— Tu as de lourdes responsabilités et es éloigné de Moscou depuis de longs mois, contraint à une solitude extrême, il n'y a pas lieu de s'alarmer…, tempère son maître d'une voix calme.

Un sentiment d'affliction s'abat sur Leonid Borisov. Tout déballage sentimental déroge aux bonnes manières viriles et prolétariennes qui régentent les relations entre hommes au sommet de l'appareil d'État. Il regrette aussitôt sa confession. Avec un tel personnage, la moindre maladresse peut dégénérer en drame. Pourtant son supérieur l'incite d'une phrase bienveillante à laisser libre cours à ses réflexions.

— Le chantier avance sur de bons rails, il n'y a rien à te reprocher.

Le jeune ingénieur se tortille sur sa chaise. Bérézinsky y voit une invitation à pousser plus loin son interrogatoire.

— Allons, ne crains rien.

— Pour être honnête, je me pose des questions. Mais voici la plus dérangeante : pourquoi voulons-nous absolument asservir la nature ?

L'ingénieur-amiral accueille ces paroles avec un sourire involontaire. Il se trouve face à un cas exceptionnel, pour ne pas dire unique, de déviance idéologique.

— La recherche d'un sens, d'une rationalité est tout simplement le but de l'activité humaine, dont le marxisme-léninisme représente la quintessence.

Leonid Borisov ne peut se retenir :

— Mais nous y perdons notre lien animal avec la nature, notre émerveillement…

— Est-il bien raisonnable de douter ainsi ?

— La nature procède du hasard, elle n'a que faire de la rationalité humaine...

— Qu'entends-tu par « hasard » ?

— Le hasard se caractérise par l'absence totale de règles, s'écrie Borisov dans un assaut de sincérité poignant.

Son maître le coupe, mâchant les mots d'une colère froide :

— Ce qui est profondément intolérable pour un esprit rationnel.

L'ingénieur-amiral éprouve une amère déception, jusque-là il avait tenu son protégé pour un de ces jeunes héros soviétiques qui savent se montrer habiles. Puis, il éclate d'un rire moqueur.

— Allons, camarade, reprends-toi. Ta conception de la nature est la chose la plus rétrograde qu'il m'ait été donné d'entendre. Mais une foi communiste sans la moindre faille n'existe pas. Nous sommes formés d'un tissu de contradictions. Qu'importe la versatilité de nos humeurs, le vrai Soviétique est celui qui dans cette tempête intérieure garde le cap, sans se laisser dériver... Il se trouve à l'avant-garde de la classe ouvrière, il œuvre pour le partage, l'égalité. Sa constance possède une vertu.

Leonid Borisov se sent terriblement mal à l'aise d'avoir tenu des propos si étranges, pour ne pas dire hérétiques. Il jette des regards inquiets autour de lui pour vérifier que personne, pas même un cadet de marine, ne les épie.

Alors qu'il espérait un échange profond, il se heurte à la raideur dogmatique de son supérieur. Le jeune homme enfouit le visage entre ses mains. Il tente encore une fois de s'accrocher au sentiment triomphal d'appartenir à la patrie victorieuse de l'Allemagne nazie, à la plus grande nation du monde.

— Ne fais pas l'enfant, reprend Bérézinsky. Les êtres les plus élevés ne manquent pas de tourments. Mais basculer dans le doute intégral peut broyer le meilleur d'entre nous.

Leonid se sent traversé de tant d'émotions inavouables. Il doit se reprendre, embrasser un communisme dans la droite ligne des idéaux de la révolution.

Craignant de passer pour un subalterne irrévérencieux, il s'embrouille dans la suite de la conversation, pourtant si soigneusement préparée. La hauteur morale, la vision claire du Bien et du Mal lui font cruellement défaut ; l'air le plus vicié envahit le vaste bureau.

— Cesse donc de te torturer, soupire Bérézinsky. Tu rends au peuple ouzbek les eaux des deux grands fleuves nourriciers qui ont été confisquées à travers l'histoire par les khans. Le peuple n'en a jamais tiré le moindre bénéfice. Nos travaux d'irrigation annoncent la prospérité pour tous. Et l'égalité, la plus belle des vertus communistes. Tu peux en être fier ! Je souhaite te rassurer. Tu agis pour le Bien.

Profondément troublé, Borisov prend congé. Mais, parvenu à la porte du bureau, il se retourne :

— Tu ne diras rien ?

— Sois rassuré sur ce point.

Dès que son protégé a quitté la pièce, l'ingénieur-amiral décroche son téléphone et compose le numéro du MGB. Le correspondant secret avec lequel il s'entretient à voix basse doit se borner à enregistrer ses demandes car seul Bérézinsky parle. Il exige que Leonid Borisov soit placé sous une surveillance de tous les instants, ordonne de fouiller son appartement, de lire son courrier et tous les télégrammes qu'il reçoit, de placer des micros dans toutes les pièces de la tour hydrologique, de se renseigner sur ses relations amicales et professionnelles. Un agent devra s'infiltrer auprès de lui dans les meilleurs délais. En un mot, il ne faut plus le lâcher afin d'évaluer sa véritable dangerosité.

Les mots sont choisis et nuancés. L'ingénieur-amiral évite de dépeindre Borisov comme un traître, sachant que les agents méfiants et brutaux du MGB briseraient la carrière de son ancien protégé sans se poser plus de questions. S'il ne cache pas ses soupçons, il refuse de nommer le mal qui s'est emparé du jeune prodige : « déviance idéologique ». À ce stade, aucun contact avec une puissance étrangère n'a été démontré. Mais la participation à un secret d'État tel que l'élimination de la mer d'Aral en fait la proie idéale pour les charognards capitalistes qui rôdent autour des éléments défaillants. Le haut gradé attribue pour l'heure les errements idéologiques du jeune homme à un débordement d'imagination et de sentimentalisme qu'il convient de corriger au plus vite.

En raccrochant le combiné, Bérézinsky sent qu'une grosse veine a gonflé et lui barre le front. La crispation déforme maintenant son élégant faciès. Le rictus traduit une anxiété sourde qu'il tâche par tous les moyens de dissimuler.

19

Les camions militaires des unités mobiles, suivis d'une jeep de l'état-major, foncent en colonne, si vite qu'ils s'envolent au moindre cahot, coupent dans les virages avant de stopper dans un nuage de poussière sur la grande place de Mouïnak.

Les bâches des camions sont levées sur un détachement de miliciens lourdement armés. Ils envahissent au pas de course les rues étroites de la ville pour boucler le quartier du port. Cet escadron de creveurs d'yeux et de buveurs de sang appartient aux troupes spéciales. Les habitants sont frappés par leurs masques furieux, par la férocité qu'ils mettent à l'ouvrage, comme s'ils tiraient une jouissance intense à quadriller la ville, en distribuant coups de poing et de crosse de fusil. Dans l'année qui a précédé, les brutes ont maté vingt-huit soulèvements, liquidé dix-sept espions impérialistes et déjoué plus de douze attentats. Frappant toujours à l'aveugle.

L'homme un peu bedonnant qui paraît être leur chef s'extirpe en dernier d'une voiture, affichant une mine exaspérée et l'intention manifeste de régler la question au plus vite. Le visage fendu d'un large sourire de bienvenue, Sulaymonov lui trotte aussitôt sur les talons, faisant assaut d'amabilités, répétant que sa ville est l'objet de dénonciations absurdes, de racontars, de suppositions sans fondement. Mais le commandant des miliciens s'en moque éperdument.

L'officier du MGB marche à grandes enjambées vers les masures, qu'il examine une à une pour s'arrêter devant la plus vaste. Son flair la désigne comme la plus suspecte. Parmi les femmes et les enfants qui en sortent les mains en l'air, il y a Elmira Korsakova. Les miliciens fouillent chaque pièce, du cellier à la cour, les habitants les entendent retourner les matelas, jeter au sol les objets qui se brisent un à un.

— Où est Nabidjon ?

Pas de réponse. Alors, les soldats ordonnent aux prisonniers de s'aligner dos au mur, à Rustam et à son frère Behruz de sortir du lot.

— Dépêchez-vous, sales Noirs !

Un milicien attrape le plus jeune des deux adolescents, pose la main sur son cou et, prenant appui sur sa clavicule, écrase du pouce le fond de son larynx. Jusqu'à ce que les yeux du gamin commencent à se voiler. Un râle étouffé s'échappe de sa bouche, il suffoque, bleuit et finit par s'affaler presque évanoui sans que le soldat relâche sa poigne.

— Où sont-ils ?

Toujours pas de réponse.

Alors, ils sortent d'un camion un corps nu et ligoté, une pauvre chose recroquevillée qu'ils envoient valdinguer d'un coup de pied dans la poussière. Les jambes de leur victime, couvertes d'éraflures, sont prises de spasmes. Ses dents sont cassées, ses cheveux collés par le sang, son crâne défoncé.

Au bout d'un long moment, les habitants de Mouïnak reconnaissent avec horreur Norbek le bègue, l'enfant du pays. Et de grands cris d'épouvante s'élèvent de la foule qui s'est massée autour de lui. Les miliciens ricanent.

— Vous hésitez encore à parler ? hurle le commandant.

Son aversion pour toute forme de résistance lui donne un air obtus. Personne ne répond.

— On va vous brûler vifs si vous ne parlez pas !

Elmira fait un pas en avant.

— Nabidjon a disparu...

— Depuis quand ?

— Deux ou trois jours, tout au plus... Nous ne savons pas où il est parti.

Le commandant la regarde avec une haine infinie, regrettant que ce soit une femme, sans quoi il lui aurait immédiatement brisé la mâchoire à coups de crosse.

Soudain épuisé par la chaleur, le chef milicien se sent envahi par l'idée poisseuse d'échouer. Les bribes d'informations qu'il a réussi à soutirer à la population ne valent rien ; il sait qu'une fois l'effet de surprise passé, il faudra user d'une plus grande cruauté encore pour obtenir quelque chose.

Mutiques, les habitants de Mouïnak restent blottis les uns contre les autres. Elmira se sent toujours coupable d'avoir organisé l'entrevue entre Leonid et Nabidjon. Où sont-ils maintenant l'un et l'autre ? Précipités aux deux pôles d'une guerre sans pitié.

— On ne peut pas faire confiance aux indigènes, continuez à chercher, ordonne le chef des miliciens.

Il agite la main comme un oiseau fou en désignant d'autres maisons à inspecter, et ses yeux vont de l'un à l'autre des Ouzbeks. Son impatience à planter une lame dans le cou d'une de ses proies ou à décharger le barillet de son revolver sur les femmes et les enfants le fait trembler d'excitation. Il se fout des preuves et des procédures, tant qu'il obéit aux ordres de Moscou.

— Pour la dernière fois, articule-t-il lentement d'un air fiévreux, où se cache Nabidjon ?

Elmira s'obstine à penser à Leonid. Pourquoi laisse-t-il ces brutes les torturer ? Il lui suffirait d'un claquement de doigts pour les faire reculer. Soudain, la pensée odieuse qu'il pourrait avoir été liquidé sur ordre de l'entourage de Staline la met au supplice. Qu'a fait Nabidjon pour attirer ici les bourreaux sadiques du MGB ? Il a voulu venger les marins et les pêcheurs, maintenant ils vont tous périr à cause de lui.

Des tics déments déforment les traits du commandant. Sa cervelle perverse cherche une manière de les faire parler. Il déteste les indigènes tout comme les élans hypocrites de la pseudo-fraternité communiste. Dans les régions orientales, la barbarie originelle des populations, telle que décrite dans les écoles de guerre soviétiques, exige d'user de méthodes tordues. C'est encore le meilleur moyen de garder une province de sauvages dans le giron de l'URSS.

Son extraordinaire agressivité vise une nouvelle cible. L'anaxacal a attiré son attention avec son pas boitillant. Le commandant sait la valeur attribuée par les Ouzbeks aux vieillards, à la noblesse de leur titre, à leur rôle décisif dans la bonne marche de la communauté – la parole sacrée, la sagesse, la tempérance. La plupart d'entre eux sont l'objet de vénération dans les clans. Celui-ci, quasi sourd, les yeux usés, suit avec peine les mouvements des soldats.

— Et toi, vieillard, sais-tu où se cache Nabidjon ?

Le patriarche centenaire tousse pour s'éclaircir la voix. Il explique avec la délicatesse qui le caractérise que Nabidjon a un tempérament de feu sur lequel personne n'a prise, que ses pensées intérieures déroutent depuis longtemps sa propre famille, qu'il a pris l'habitude de prier en solitaire dans les lieux les plus isolés et qu'il n'en existe pas deux comme lui. Enfin, voulant donner une éclatante preuve de sa coopération, le vieux sage se lance dans un éloge de la Russie et dans une vibrante profession de foi communiste. La puissance de son verbe, l'inflexion poétique qu'il donne à ses longues phrases lui permettent de s'affranchir de la réalité. Tout revêt dans sa bouche la beauté âpre et la puissance d'une vieille légende.

Le commandant semble satisfait de sa réponse à la langue fleurie et s'approche. Le vieil infirme l'examine de ses grands yeux doux qui devinent les intentions cachées de son tortionnaire. Le milicien le gifle brutalement. Le vieil homme s'effondre au sol. Une longue plainte douloureuse s'élève du groupe des femmes. Un de ses fils se précipite pour prendre sa défense, il est abattu d'une balle dans la poitrine.

Puis le commandant se penche lentement et tire une balle dans la tête antique de l'anaxacal. Son turban rougit aussitôt.

20

Quand il a le sentiment d'avoir triomphé de l'Aral, Leonid Borisov se lance dans une longue tournée d'inspection. À ce stade de son agonie, la mer ne se réduit plus qu'à un modeste réseau de lagunes isolées, de bouillons gluants. À son passage, l'ingénieur est en butte aux regards haineux des derniers pêcheurs ouzbeks qui, pour conjurer le malheur, ont donné à la plus grande de ces flaques gorgées de sel le surnom dérisoire de « petite mer ». *Quelques mois d'été suffiront à l'assécher entièrement*, songe-t-il.

Il sent la mélancolie monter en lui comme une brume, elle va le submerger tout à fait quand un sursaut d'orgueil chasse le cafard. Il pense à naviguer loin de ce triste spectacle. Il se transporte sur le pont d'un vaisseau sous de lointaines latitudes. Sa conscience est alors lavée par les vagues, rafraîchie par les brises. Le désir fou de prendre la mer ne l'a pas quitté. Borisov voudrait être capitaine. De quoi rassasier sa folle imagination. La haute et large carrure d'Ivan Papanine se profile devant lui. Son brise-glace trace lentement son sillon entre les icebergs. Pourra-t-il, en se prévalant du grand meurtre de la mer du désert, demander à diriger quelque expédition arctique d'envergure ? Au croisement des vieilles traditions marines et des progrès de la science, il partirait à la conquête du pôle Nord. Il entrevoit le blizzard, un péril sans nom ; il se sent en bonne compagnie au contact des pires dangers.

L'ombre démesurée de Vitus Béring se dresse à son tour au milieu de ses chimères. Le jeune ingénieur s'imagine à son côté sur le pont du *Saint-Pierre,* laissant derrière lui le port d'Okhotsk en mai 1741. Il entrevoit Georg Wilhelm Steller, le naturaliste marin, peignant pour la première fois les vaches de mer aux délicieuses chairs grasses. Devant eux, les côtes inexplorées d'un détroit au large du Kamtchatka, qu'ils partent cartographier pour le compte du tsar. Malgré le scorbut qui décime l'équipage et les naufrages qui les jettent sur des îles où personne n'a posé le pied, ils se sentent vivants et glorieux. Quelles visions grandioses se sont imprimées sur les rétines de ces explorateurs ! Leonid Borisov est toujours victime de ses lectures passionnées. L'irruption des humains dans la nature sauvage et indomptée est la plus grisante des expériences. En comparaison, quel coup d'éclat peut représenter l'assèchement d'une petite mer inoffensive, entourée de sables ? À quoi bon les éloges des plus illustres savants d'URSS ?

Pour la première fois, une froide réflexion se fraie un chemin entre ses émotions contraires : le fondement de son travail acharné n'est qu'une illusion. Il n'a pas trouvé d'autre moyen pour rompre avec sa profonde solitude. Comme s'il attendait depuis toujours une victoire qui le détournerait de sa propre insignifiance. Le pays de Staline qui se prétend un « miracle en chantier » n'enfante en vérité qu'un enlaidissement et un appauvrissement généraux. *C'est un crime, mais un crime d'un nouveau type*, s'avoue-t-il tristement devant les eaux croupies. Un crime contre nature. La révélation lui noue la gorge. Il déteste cette nouvelle clairvoyance, cuisante comme la piqûre d'un aspic.

Poussée par un appel secret, Elmira Korsakova sort de chez elle pour noyer son chagrin dans l'immensité. Elle a tourné en rond dans sa chambre depuis des semaines, cherchant en vain à renouer avec la femme pleine de défi qu'elle fut avant de rencontrer l'ingénieur en chef, avant d'assister au meurtre de l'anaxacal. Elle marche vite, aveuglée par le soleil et le vent. Elle se met en tête de presser encore le pas, de serrer les poings pour oublier le déshonneur et le chagrin. Tout glisse sur elle, tout disparaît.

Dès qu'elle s'engage sur la plage infinie, elle est cueillie par une rafale surgie de nulle part. L'indifférence de la steppe, sèche et lisse, lui saute au visage. Elle est seule. Elle lutte, titube. Quelques nuages errants qui, sous d'autres cieux, passeraient pour de gracieux éléphants blancs ressemblent à des couronnes funéraires, flottant à l'aplomb de sa silhouette.

Elle dévale la pente d'une dune par petits bonds. Les eaux l'attendent. En s'y plongeant, elle sent la fraîcheur s'enrouler autour de son cou. Sa chevelure couvre ses épaules. Le silence devient si profond qu'on pourrait entendre à cent pas le bec d'une mouette en train de fouiller dans un tas d'algues qui se racornissent, serrées contre d'autres algues, promises comme la mer entière au pourrissement.

Elmira a reçu un don poétique, une double vue que les autres femmes ne peuvent pas comprendre. Elle pousse un cri, un seul. Puis elle avance dans les flots jusqu'à ce que l'eau l'engloutisse et lui impose de faire quelques mouvements. Fallait-il qu'elle soit perdue pour se priver plus longtemps de ces sensations ? Le bain lui redonne espoir. L'Aral ne promet pas la moindre traversée, ni la moindre fortune. La petite mer se contente de se tenir là, silencieuse et méditative, attentive à chacun de ses enfants. Énorme ventre qui offre à tous ceux qui le lui demandent un refuge chaud et doux. Jamais plus, jamais moins.

Elmira se promet de poursuivre son destin unique. Elle sort de l'eau, entièrement nue, lavée de toute humiliation, et lance un regard terrible vers les formes lointaines de la cité que surmonte la tour d'hydrologie. Le serment qu'elle s'est fait quelques instants plus tôt roule entre ses dents : *Je sais que je te retrouverai un jour.* Son cœur menace d'éclater. Dans un élan soudain, elle murmure comme une malédiction quelques vers de son poète adoré :

> *Malheur au cœur qui n'est pas en émoi ;*
> *Cœur non atteint du chagrin d'amour d'une charmante beauté.*
> *Le jour que tu passes sans amour,*
> *Considère-le comme le jour le plus perdu.*

Ses yeux suivent la ligne d'horizon. Que reste-t-il de la mer ? La pensée qu'il subsiste quelque part une dernière lagune où une vie heureuse serait possible lui serre le cœur. Elle se figure un ultime espace à l'abri des violences, un cercle de lumière. La tentation de fuir devient irrésistible. Si elle le voulait vraiment, la réalité pourrait s'effacer. Soudain, elle ouvre les bras, offerte à l'envol.

II

L'amour océanique

1

À peine Leonid Borisov franchit-il les lourdes portes de l'Académie des sciences que des salves d'applaudissements jaillissent. Les badauds moscovites qui se massent les jours de parade officielle s'ajoutent depuis le petit matin aux curieux habituels qui ont envahi les moindres recoins de l'institution. La nouvelle des exploits du jeune ingénieur s'est propagée à une vitesse surnaturelle. « La ville des mille et trois clochers et des sept gares » bruisse de ses aventures fabuleuses. Tous veulent prendre part au triomphe du vainqueur et voient en lui le grand savant de l'ère stalinienne. D'innombrables anecdotes magnifiées ou inventées courent déjà sur son compte.

Il serait agréable de se laisser porter par ce courant d'admiration, mais Borisov ne peut se défaire d'une étrange impression de pesanteur. Rasé de près, il a délaissé son uniforme militaire pour un complet gris flambant neuf et une chemise blanche au col rigide. Il est bientôt mêlé à la foule, presque porté en triomphe. On l'agrippe par la manche, on lui fait des clins d'œil, des voix inconnues chuchotent à son oreille dans l'espoir de quémander quelque faveur.

En coulisse, pas moins de trente-huit professeurs, qui l'ont instruit à diverses étapes de son cursus universitaire, réclament leur part de gloire – ils se sont manifestés auprès du præsidium de l'Académie pour faire valoir l'apport décisif de leurs théories dans la réussite de leur élève.

— Veuillez agréer tous nos compliments..., s'écrie le secrétaire de la vénérable institution en lui donnant une accolade.

Borisov est reçu avec les honneurs réservés aux plus grands héros. Pourtant une désolation muette s'est gravée sur son visage. Personne ne voit comme la réalité lui est devenue déplaisante. Avec une pointe de détachement rêveur, il ne fait pas grand-chose d'autre qu'attendre la suite des événements.

— Pardonnez-moi, dit-il avec un débit rapide et haché. Je n'ai pas vu grand monde pendant ces derniers mois, je n'ai pas beaucoup parlé. Les rencontres ont été rares. Rien ne devait me détourner de mes objectifs.

Les préambules de la cérémonie s'éternisent. Entre deux statues de marbre s'avance enfin l'homme au regard clair dont tout le monde guettait la venue. Une mèche de cheveux lustrée comme une aile de corbeau tombe sur son grand front ridé, accentuant les éclairs que lancent ses yeux bleus. Il est accueilli avec force flatteries et courbettes. Tandis qu'il vient à sa rencontre pour le féliciter, Leonid Borisov a tout le loisir de détailler les huit rubans de l'ordre de Lénine, les douze barrettes de Héros du travail socialiste et les innombrables rosaces de l'ordre du Drapeau rouge piquées çà et là dans la pagaille de grenat, de dorures, de pourpre et d'argent qui ruissellent sur sa poitrine.

Après une brève accolade protocolaire, le président Trofim Lyssenko* se détourne du héros, préférant s'entretenir avec l'ingénieur-amiral Bérézinsky. Les deux hommes se tiennent en haute estime. Leonid Borisov ne s'en offusque pas, il est presque rassuré de voir à quel point il peut être transparent pour les pères fondateurs de la science soviétique. Les mots que le haut dignitaire chuchote à l'oreille de son mentor semblent ravir ce dernier. En retour, Bérézinsky couve son protégé d'un regard enjoué. Il soulève un sourcil, demande des éclaircissements au président Lyssenko.

— Le prix Staline ! s'écrie-t-il enfin à haute voix, en fixant Borisov comme si la main divine de Karl Marx venait de l'effleurer.

Comprenant aussitôt qu'il sera le futur lauréat de la fabuleuse récompense, le jeune ingénieur affiche un air humble, en vrai héros soviétique.

Puis, deux cents vieux académiciens, bien coiffés et dépourvus du moindre humour, prennent place dans l'amphithéâtre pour écouter le panégyrique qu'on s'apprête à prononcer dans un silence de cathédrale. Le président Lyssenko se lance dans un éloge de la science soviétique et du camarade Staline, son coryphée.

— N'est-il pas temps de mettre fin à l'ingratitude de la nature à l'égard de l'Humanité ? L'amélioration des plantes et des animaux ne suffit plus aux hommes, il faut maintenant remodeler les paysages, les reliefs et les climats. En définitive, la nature n'a pas d'existence propre. Elle ne sert qu'à nourrir, chauffer ou permettre l'épanouissement du peuple. Un premier pas décisif a été accompli. La mer d'Aral, fort inutile et si peu poissonneuse en dépit de nos nombreuses tentatives pour accroître sa productivité, a été effacée au profit d'immenses cultures de coton.

— Hourra ! Hourra !

De nouvelles salves d'applaudissements retentissent. Puis, se tournant vers l'ingénieur, l'orateur poursuit avec emphase :

— Notre cher camarade Leonid Borisov a laissé cette mer à l'agonie au milieu du désert, sa disparition totale n'est plus que l'affaire de quelques mois. La grande masse d'eau emporte avec elle une conception idéalisée et métaphysique qui entoure la nature mais qu'elle ne mérite pas, puisqu'elle n'est qu'un pur assemblage d'atomes. De la matière. Rien que de la matière inerte dont la science nous permet de disposer à volonté.

— Hourra ! Hourra !

Les académiciens applaudissent à tout rompre les envolées de Lyssenko, et ceux qui craignent de ne pas être assez vus ou entendus du président poussent dans sa direction de tonitruants bravos.

— J'en appelle solennellement à la rééducation socialiste de la nature. Partout ! Pourquoi tel cours d'eau porte-t-il le nom d'un affluent et tel autre, qui a pris le dessus, prétend-il au titre de cours principal d'un fleuve ou d'une rivière ? Pourquoi le sommet de telle montagne s'élève-t-il plus haut que les pics voisins ? Pourquoi telles espèces d'animaux survivent-elles alors que d'autres s'éteignent ? Les disciples de Darwin, tout comme ceux de Mendel, répondent que c'est le produit du hasard et de la nécessité, le résultat de la sélection naturelle qui prévaudrait entre tous les êtres vivants comme entre toutes les forces de la nature. C'est la plus formidable ineptie que nous ayons jamais entendue. Le concept de la sélection naturelle, tout comme les lois de la génétique, a été inventé par les penseurs capitalistes pour justifier la compétition sans fin entre les hommes, l'existence d'une hiérarchie « naturelle » entre les classes sociales, la rivalité mortifère qui sert les intérêts du monde bourgeois. Leur démarche n'a rien de scientifique, elle n'est qu'idéologique et, par conséquent, erronée. Ce que nous nommons « science » ne peut être valable qu'en tant que « science prolétarienne ». Autrement dit, en termes intelligibles par tous, répétons-le : la nature est socialiste par essence ! Elle ne s'organise pas en fonction d'une quelconque compétition naturelle mais bien au contraire selon un pacte, une coopération entre les organismes vivants, les arbres, les rivières, les montagnes. Elle n'est que le résultat du sacrifice des plus faibles au profit des plus forts dans l'optique d'une cause noble et élevée : le triomphe de l'Égalité...

— Hourra ! Hourra !

En vérité, les plus grands savants doutent de la rigueur de son raisonnement. Certains tiennent même ses théories pour la négation pure de l'esprit scientifique. Tout l'édifice leur apparaît rongé de l'intérieur par l'aveuglement idéologique. La fausseté, motivée par la terreur, suinte partout. Ceux qui applaudissent sans arrière-pensée, peu nombreux, sont dépourvus de discernement.

Affichant toujours le même sourire triste et légèrement moqueur, Leonid Borisov approuve d'un hochement de menton. Se prêtant au rituel des mondanités, il exhibe ses ridicules breloques, s'oblige à raconter quelques anecdotes divertissantes à propos de sa mission.

Soudain un homme vigoureux fend la foule qui se presse autour de lui. Il ne se tient plus qu'à un pas. Borisov scrute son visage. Ce nez épais, ce cou large sur le point de faire céder le col de chemise, les os lourds de la mâchoire signent un caractère fort et impétueux. Un mélange de puissance digne d'un aventurier et d'intelligence propre à un esprit scientifique qui n'existe que dans les jeunes pays révolutionnaires comme l'URSS.

Leonid Borisov reconnaît Evgueni Konstantinovitch Fiodorov, l'un des membres éminents de l'expédition polaire du grand Ivan Papanine. Ils se mettent aussitôt à converser avec un enthousiasme extraordinaire. L'audace de Fiodorov éclate au détour de ses phrases. L'ingénieur en est revivifié.

Quand ils se déclarent bons amis, Fiodorov annonce qu'il dirige un centre secret dédié à la météorologie expérimentale. Son équipe de chercheurs a des longueurs d'avance dans le domaine de la manipulation du temps. Un saut dans l'avenir est en train de s'accomplir. Les maîtres du ciel peuvent désormais augmenter les températures de Sibérie comme bon leur semble, faire tomber à leur guise de gros flocons de neige dans le désert du Karakoum ou, avec une facilité stupéfiante, baigner d'une douce bruine les champs de blé des grandes plaines d'Ukraine au plus fort de l'été. Bientôt, les sécheresses appartiendront au temps jadis. Plus de disettes, ni de famines. Toutes ces expériences qui défient la rationalité augurent de succès considérables.

Fiodorov prétend avoir percé les mystères du climat, la météo sera bientôt réglée grâce à un grand thermostat cosmique contrôlé par la science soviétique. Puis, se penchant vers Borisov, il ajoute :

— D'ici peu, nous pourrons même décider de la durée du jour et de la nuit sur un simple claquement de doigts.

Se figurant les perspectives vertigineuses de cette invention, le jeune ingénieur l'écoute avec toute la concentration dont il est capable en pareil cas. Fiodorov l'enveloppe de son regard doux et puissant. Il s'est obstiné pendant des années à démontrer le bien-fondé de ses intuitions. Ses succès sont tels aujourd'hui que Staline et l'Académie des sciences lui ont accordé des crédits considérables pour poursuivre ses recherches. Les possibilités stratégiques de l'arme météorologique s'avèrent exaltantes.

Doté d'un pouvoir de persuasion irrésistible, Fiodorov entraîne Borisov dans un de ces rêves de gloire dont il pensait être guéri à jamais. L'autre le questionne. A-t-il l'ardent désir, comme l'indique son regard juvénile et enthousiaste, de prendre part à ses expérimentations d'avant-garde ? Il a justement besoin de quelqu'un pour lui prêter main-forte. Bien plus qu'un bras droit, il voudrait un alter ego, ne redoutant ni les risques ni les sacrifices. Leonid se reconnaît tout entier dans le portrait de cet homme. Flatté, il ne songe pas une seconde à différer sa réponse. Il accepte aussitôt la proposition, sans réserve.

Les deux hommes vont bientôt s'associer au sein du département de météorologie expérimentale. La vie de Borisov bifurque une nouvelle fois.

2

Après le retrait des soldats russes, les marâtres de Mouïnak sortent des cachettes où elles se sont tapies. La plupart des hommes ont rejoint la rébellion. Les harpies ont les mains libres, elles ont ruminé leur vengeance et veulent régler leurs comptes avec la métisse dévergondée qu'elles jugent responsable de la mort du vénérable anaxacal. Du matin au soir, elles la poursuivent de leurs injures. Plus que jamais, Elmira Korsakova est en butte aux regards haineux, aux crachats et aux gestes obscènes. Une bande de gosses cruels se sentent autorisés à la pourchasser. Habituée aux médisances, elle sait qu'il vaut mieux ne pas répondre, ni tenter de lutter contre les ragots. C'est une question de dignité. Et puis que faire, seule contre tous ?

Les méchantes tantes l'accusent d'avoir déshonoré leur clan. Ses lubies, ses tenues à l'européenne, ses exhibitions à bicyclette, ses amours scandaleuses avec l'ingénieur, tout plaide contre elle. Elles détestent ses ruses féminines et n'attendent plus que l'étincelle qui mettra le feu à son bûcher.

En temps normal, les crimes d'Elmira lui vaudraient un bannissement à vie mais les matrones jugent la punition trop douce. Le sang a été versé. Les injures pourraient se transformer en pierres. Elles songent à la lapidation. Mais un soir, sous la treille, un dessein plus noir encore les emporte.

La meute coince la jeune fille au réveil dans son lit, plaque contre son nez un mouchoir blanc imbibé d'un liquide glacial. Avant que sa vue ne se brouille et qu'elle ne s'évanouisse, Elmira a le temps de reconnaître le regard injecté de sang de Yulduz.

Les marâtres la tirent de sa couche, lui font traverser la place du village en la traînant par les cheveux. Personne ne cherche à lui porter secours. Son corps inanimé est martyrisé par les pierres du chemin. Sa chemise de nuit se déchire, l'apparition de ses seins majestueux déclenche les rires égrillards des hommes.

Lorsqu'elle revient à elle, le noir est presque total dans son cachot, à l'exception d'un disque lumineux qui se découpe à la verticale. Une odeur de charogne lui retourne les tripes. Ses mains tâtonnent dans le noir et frôlent d'immondes déjections. Les parois de pierre sont tapissées d'une mousse verte et puante. Elmira comprend. Elles l'ont jetée au fond d'un puits à sec. La captive appelle au secours de toutes ses forces. Pour toute réponse, on lui vide sur la tête un seau d'excréments. Les matrones l'ont condamnée à crever à petit feu.

Le soir, une clameur lointaine descend jusqu'à elle. Elle lève les yeux vers le cercle étoilé qui figure le monde extérieur. À l'heure de lui expédier sa maigre pitance, les commères entraînées par Yulduz viennent se repaître du lent supplice. Dès qu'un homme étranger à leurs manigances s'approche, elles font mine d'égrener leurs prières.

Les jours se succèdent, tous identiques. Elmira sent la mort rôder autour d'elle.

Elles prennent l'habitude de jeter un seau d'eau dans l'orifice pour s'assurer que la traînée ne trépasse pas trop vite. Pressentant leur approche, la métisse se contente de frapper deux pierres l'une contre l'autre pour manifester sa présence. Elle rampe dans les immondices, s'efforce d'ignorer les odeurs pestilentielles, lutte au milieu du grand sabbat des rats qui la mordent à la nuque, aux poignets et aux chevilles, y laissant de petites entailles douloureuses.

Le silence au fond du puits ne lui permet pas de réfléchir. Seule la souffrance physique occupe son esprit. Elle ne distingue plus les minutes, qui s'étirent à l'infini en une succession de journées mornes. Un affreux goût terreux finit par envahir sa bouche. Les femmes interprètent sa résistance comme une nouvelle provocation. On n'entend jamais une seule plainte ni une lamentation monter de sa bouche. Mais à quoi bon hurler ? Son pauvre cerveau assommé est incapable d'échafauder le moindre plan d'évasion.

Quand elle va trop mal au-dedans, elle écorche jusqu'au sang les paumes de ses mains contre les parois pour que la douleur se matérialise en une chose contre laquelle lutter. L'enfermement n'a pas brisé son sale caractère. D'autres fois, elle met son poing dans sa bouche et mord violemment ses phalanges. Quand la peur de devenir folle la torture, elle fait apparaître ceux qu'elle a aimés : l'ingénieur soviétique, les amies de l'université de Tachkent, les professeurs qui ont eu foi en son intelligence. Les souvenirs revivent brièvement dans un petit théâtre d'ombres. Elle invente à ses fantômes des amours, des épreuves, des espoirs. Les heures passent à démêler les intrigues qu'elle conçoit au fond du puits.

Mais le plus souvent elle s'adresse à Leonid : *Pourquoi t'es-tu brusquement détourné de moi ? Pourquoi me laisses-tu croupir ici ? Je ne peux croire que tu ne m'aimes plus.* Elle imagine ses réponses : *Je ne suis pas libre de vivre, ni d'aimer. Avec toi, j'ai goûté à un bonheur qui m'effraie.* *– Reviens, je t'en supplie, reviens me chercher. Ne me laisse pas finir ma vie seule dans ce trou noir et glacé ! Sors-moi de là !*

Elmira Korsakova se croit condamnée jusqu'au jour où, à une heure inhabituelle, un petit panier d'osier suspendu à une cordelette descend vers elle. Dedans, elle découvre une lampe de mineur. Avant qu'elle ne parvienne à déceler une voix familière en réponse à ses remerciements, la corbeille remonte. Elle en pleure de joie. La lampe ne change rien. Elle change tout.

Elle peut désormais éloigner à coups de pied les rats qui lorgnent ses cuisses. Elle éteint la lampe dès qu'elle suspecte Yulduz ou une de ses complices d'arriver.

Deux jours plus tard, à l'aube, le même panier descend à la hauteur de ses yeux qui y découvrent une grosse grappe de raisin juteux et une galette de pain. Un petit carnet et un crayon à papier sont cachés au milieu des victuailles. Elmira se jette sur la nourriture. Avant qu'elle ne relève la tête, l'apparition du panier s'est évanouie.

Quand il est entendu que le ravitaillement lui arrive régulièrement, elle peut réfléchir à l'usage qu'elle fera du carnet. Le lendemain, la corbeille remonte le carnet avec inscrit en gros caractères sur la première page : « DONNE-MOI QUELQUE CHOSE À LIRE ».

À l'heure dite, le panier obstrue le disque de lumière. Il descend lentement jusqu'à elle. Quelques vers d'Omar Khayyâm ont été écrits sur une page :

Ne laisse point le chagrin s'emparer de toi ;
Ni ennui et tristesse assombrir tes jours.
N'abandonne ni le livre, ni le bord du ruisseau, ni la lisière du champ,
Avant que la terre ne te prenne en son sein.

Pour la première fois depuis le début de sa captivité, Elmira fond en larmes. Et les pleurs lui font du bien. Une alliée anonyme – il ne peut s'agir que d'une femme – se manifeste. Pourtant Elmira a du mal à concevoir qu'une autre jeune fille de Mouïnak nourrisse une même passion pour la poésie.

Quelle est cette sœur ?

Un deuxième quatrain lui est descendu quelques jours plus tard, dans le carnet entouré de pétales de rose :

N'expose point ton corps aux chagrins du monde injuste.
Ne tourmente guère ton âme du souvenir des morts.
Ne livre point ton cœur aux quatre vents comme la chevelure de l'aimée.
Ne te prive pas de vin ; ne gaspille point tes jours !

Elmira se laisse glisser au sol en sanglots. Les vers ne la quittent plus même si le puits reste sous la coupe de la bande de hyènes menée par Yulduz. Leurs conversations lui parviennent jusqu'au fond de la terre. Elles la détestent d'avoir éconduit des prétendants. Un privilège exorbitant, une prime à l'insolence. Alors que la plupart d'entre elles ont été mariées de force à des hommes pour lesquels elles n'éprouvent pas le commencement d'un sentiment.

Un troisième quatrain lui parvient. Il lui fait rosir les joues :

En tête du livre des notions de l'esprit vient l'amour.
Le premier distique de l'ode de la jeunesse est l'amour.
Ô toi qui es étranger au monde de l'amour,
Sache ce point que la vie, c'est l'amour.

Au milieu de l'angoisse et du noir, le souvenir de Leonid Borisov lui revient, doux et vivace. *Je ne peux pas vivre sans lui, je n'aimais que lui, lui seul.* Elle ne le reverra sans doute jamais. Il l'accompagne toujours. Le temps du bonheur a été si bref. Ni les Soviétiques ni les Ouzbeks ne se soucient de son sort, alors qu'elle a toujours cru pouvoir tirer habilement profit des deux camps adverses grâce à sa double culture. Les Russes ambitieux et les habitants de Mouïnak hostiles à tout changement ne valent guère mieux les uns que les autres.

Au ravitaillement suivant, elle se saisit du carnet et y inscrit avec rage : « Sauvez-moi ! Je vous en supplie ! Sortez-moi de là ! » Puis elle supplie encore sa mystérieuse bienfaitrice de lui parler. La gorge étranglée d'angoisse, elle attend la réponse. Mais les jours suivants, rien ne descend.

3

— Je veux qu'il fasse beau le jour de mon anniversaire, exige Staline devant quelques dignitaires du Parti.

On télégraphie aussitôt en langage crypté au bureau de la météorologie expérimentale. La mission de dégager le ciel le jour dit, en plein hiver, incombe à Leonid Borisov. Il dirige désormais le laboratoire de la pluie artificielle où l'on sait déclencher de violentes averses autant que ménager de radieuses éclaircies. Comme ses collègues, il connaît par cœur les vers de Mikhaïl Lermontov, gravés en lettres d'or sur les murs de l'institution :

Nuages du ciel, éternels voyageurs,
Vous semblez fuir, tout comme moi, exilés.
Qui vous chasse : est-ce l'arrêt du destin ?

Le jeune ingénieur jongle avec de gros nuages mousseux qui cavalent à des hauteurs vertigineuses : cirrus, stratus et autres cumulus. Il en a percé les secrets, les dompte, anticipe leurs caprices et leurs trajectoires.

À l'aube du 18 décembre 1951, tandis que la parade d'anniversaire s'annonce sur les larges avenues de Moscou, le ciel s'alourdit ; la journée se fait humide et glaciale. Trois énormes cumulonimbus, noirs et menaçants, sont signalés par les radars de la station météo du district de Tver. Poussés par de violentes rafales, ils charrient d'innombrables cristaux de glace qui vont se déverser sans nul doute sur Moscou, avant de recouvrir les boulevards d'une épaisse couche de neige et de provoquer l'ire du petit père des peuples.

Aussitôt, Leonid Borisov ordonne à une patrouille d'avions de chasse de décoller d'une base militaire secrète. Les Tu-2*, chargés à ras bord de glace pilée et de mousse carbonique, fendent le ciel. À une altitude de dix mille pieds, les engins se placent au cœur des nuages pour les ensemencer. Gros à éclater, ces derniers ne tardent pas à larguer tous les grêlons qu'ils renferment au-dessus de la Volga. Pour finir, les bourrasques chassent sans ménagement les trois nuages vidés de leur cargaison. L'opération est effectuée avec une telle facilité que Leonid Borisov se demande si ce qu'on appelle la réalité existe ou s'il vit dans un rêve de toute-puissance, devenu la marque de l'URSS.

Pendant quelques heures, les grandes parades en l'honneur du maître se déroulent sous un ciel d'un azur parfait. Les chars, les soldats défilent mais l'hommage le plus émouvant vient des jeunes pionniers reconnaissables aux gros foulards rouges noués autour de leurs cous frêles. Les gosses sourient pour remercier le Guide de leur offrir une enfance heureuse. Des fillettes lui tendent des bouquets de roses. Les ingénieurs du centre de météorologie sont soulagés. Les festivités se déroulent à la perfection, quand Staline lève les yeux au ciel. Un nuage frisé s'acharne à survoler le Kremlin. Un petit mouton blanc dont la toison est gonflée d'autant de bouclettes que de gouttelettes d'eau. Il caracole à seulement six mille pieds. Son ventre lourd et sa couleur acier annoncent l'imminence d'une averse.

Seul face aux écrans de contrôle de la station météorologique, Leonid Borisov appréhende l'ampleur du drame qui s'apprête à se jouer sous les yeux des chefs du Parti. Il lui faut relever de nouveaux défis, toujours plus difficiles. Dans la tribune officielle, les chefs guettent avec crainte les premiers signes de contrariété sur le visage de Staline. D'autres se défilent sans rien dire. Au loin, le petit nuage isolé annonce une légère ondée qui ne saurait gâcher la fête. Mais Leonid Borisov veut éviter le moindre impair, en ce grand jour.

Par miracle, l'avion de chasse qui décolle en toute urgence parvient à injecter dans le nuage tant d'iodure d'argent que les particules d'eau sont instantanément gelées, et le nuage constipé survole la place Rouge sans lâcher la moindre goutte de pluie.

Dans un monde rigoureusement logique, tout devrait s'en tenir à ce dénouement heureux lors du soixante-treizième anniversaire de Staline. Mais quelques mois plus tard, sans la moindre intervention humaine, d'incompréhensibles phénomènes météorologiques frappent aux quatre coins de l'URSS. D'énormes grêlons anéantissent le vignoble de Crimée. De gros nuages noirs survolent les plaines d'Ukraine sans jamais se déverser sur les terres assoiffées, alors qu'en Sibérie les immenses fleuves en crue noient des villes entières et transforment la taïga en marécages. Que reste-t-il du grand mystère du vivant, des milliers de légendes qui y sont attachées ? Le dérèglement climatique entraîne le monde entier dans le surnaturel.

Quand le jeune prodige prend conscience qu'on attend qu'il renouvelle encore et encore ses exploits, il tombe dans un état léthargique. Malgré ses fulgurances, son caractère rêveur et solitaire déplaît soudainement à ses supérieurs. Les qualités exceptionnelles qu'on lui prêtait à Moscou dans le feu de son retour triomphal se retournent peu à peu contre lui. Il serait même en complète disgrâce s'il ne promettait quelque coup de génie comparable à celui qu'il a accompli le jour de l'anniversaire de Staline. Cependant, ces expériences ne le tiennent plus en haleine. Un poisseux scepticisme le gagne. Les scientifiques soviétiques ne dominent pas la nature comme ils veulent le faire croire, ils en manipulent juste les couches superficielles en apprentis sorciers, sans parvenir à deviner ce qui se joue dans ses profondeurs.

Un temps, Borisov s'absorbe dans la paperasse administrative. Autour de lui, les autres fonctionnaires travaillent loyalement sans savoir pour quoi ni pour qui, mais lui n'y trouve aucun réconfort. C'est si peu de chose, cette vie-là. Borisov a noté qu'en URSS, on peut mener une existence végétative sans rencontrer la moindre réprobation. En vérité, tout l'incite à enterrer ses illusions dans un petit coin de laboratoire.

Depuis qu'il s'est fondu dans la grisaille de l'appareil d'État, il ne chérit plus le rêve de dénoncer les injustices, de promouvoir l'égalité, de prendre le monde à témoin du génie de la révolution russe. Leonid essaie de laisser libre cours à son imagination mais son corps défaillant, exclu d'un monde de plaisirs sensuels, en est incapable. Où est passé le jeune homme plein d'espoirs et d'amour-propre ?

Il ne s'est préoccupé que de lui-même, de ce narcissisme palpitant, nourri de visions inatteignables. Il a fui la prison des souvenirs d'enfance. Ces états d'âme risquent de nuire à sa carrière. Il devrait rédiger une lettre de repentance pour purger son âme. *Tu ne peux pas trahir l'URSS qui t'a élevé et nourri. Tu n'as pas d'autres parents*, se répète-t-il pour mettre fin à ses pénibles pensées. Les yeux de sa mère encore. La mort n'est pas bien grave en comparaison.

Il fait un effort pour approcher la vérité et énonce ce qu'il a sous les yeux : les Soviétiques arrangent leurs vies de façon à ne pas ressentir, à ne pas comprendre, à ne pas admirer le ciel, la nature – tout ce qu'il y a de vivant et de beau. De violents cauchemars le tourmentent. Des nuages rouges estropiés, éviscérés rampent dans un ciel de fin du monde. Il ne supporte plus d'affronter ce qu'il est devenu, ni les visions apocalyptiques qui perturbent ses nuits. *Le doute et le découragement vont bientôt se répandre en chacun et provoqueront un jour la chute de l'URSS*, rumine-t-il. Mais se dénoncer à ses chefs, en pleine confusion d'esprit, précipiterait sa fin. Personne ne peut abandonner une des plus belles réalisations de l'URSS. C'est le peloton d'exécution assuré. Pauvre fou qu'il est.

D'un coup, il découvre en lui un réservoir d'eau vive. L'envie de tout recommencer de zéro. Il revoit le regard débordant de douceur d'Elmira, la lumière sur sa peau, son amour qui le guidait vers un monde plus heureux. D'un coup, il se sent prêt à tout sacrifier pour la retrouver. Il a envie de pleurer de joie. Il songe à plier bagage, à s'élancer à la recherche de sa bien-aimée. À se frayer un chemin vers la liberté. Leur vie, coupée du monde, s'écoulerait en toute innocence dans une datcha entourée d'un charmant lopin de terre, quelque part en pleine nature. Ne plus être l'esclave de la révolution mais s'enivrer de vin et de poésie.

La silhouette d'Elmira se découpe dans les vagues. La mer d'Aral perdue au milieu des sables lui paraît alors indissociable de possibilités infinies. L'apathie reflue quand il chevauche cette idée fantasque. C'est comme une révélation : il n'y a pas moyen d'aller d'un monde à l'autre comme on franchit une simple porte.

4

Jouissant au cœur de la forteresse du Kremlin de dix-sept chambres équipées de portes blindées, et alors que nul ne sait dans lequel de ces coffres-forts il a l'intention de se coucher, Joseph Staline pourrait s'endormir paisiblement. Mais depuis son accident vasculaire cérébral, il lui semble toujours qu'un assassin se tient en embuscade. Trois ans qu'il renforce sa protection. La plus imprenable des citadelles ne le protège plus de l'ombre insaisissable qui le suit partout. Ce double, cent fois plus véloce que le vieillard alourdi qu'il est devenu, guette son premier faux pas pour se jeter sur lui. Staline n'en parle jamais, pas même à ses médecins, mais la peur ne le quitte plus. Sa suspicion prolifère en longues ramifications dans les couches les plus profondes de la société. Elle exige l'infiltration d'espions dans la foule des gares, dans les parades, dans les faubourgs, dans les marchés. Tout un pays vaste comme aucun autre est maintenu sous une chape de terreur à cause de la délation. Un don surnaturel semble permettre au tyran de percevoir jusqu'aux plus petites rumeurs. Aucun Soviétique ne peut lui échapper. Il a détourné la révolution à son seul profit.

Cette nuit-là, après avoir dévoré un cochon de lait, arrosé d'une bouteille de vin rouge du Caucase, en compagnie des convives habituels – Beria, Malenkov et Mikoïan –, le porte-drapeau du marxisme-léninisme est monté dans ses appartements. Ivre, il s'est affalé sur son lit sans laisser à sa vieille gouvernante le temps de lui ôter ses bottes de cuir ni de dégrafer sa veste d'uniforme.

Trois coups sonnent au carillon. C'est une heure raisonnable pour l'oiseau de nuit qui ne s'endort jamais avant le lever du jour, quoiqu'il tâche de se discipliner depuis son soixante-dixième anniversaire. Les soldats de la garde spéciale font les cent pas dans le couloir sans s'inquiéter du sommeil du maître. Son ouïe décèle le moindre bruit susceptible de mettre ses jours en danger : cliquetis de clefs, grincements de portes, craquements d'os sous les coups de la matraque pour extorquer les aveux d'un traître.

Personne n'a accès à l'étage de ses appartements privés. Même le mot « entourage » ne signifie rien à ses yeux. Nul ami qui ne soit à l'abri d'une arrestation nocturne et des pires sévices dans les caves de la Loubianka, au moment même où il se croit en faveur au Kremlin. Combien se sont laissé prendre au piège de sa bonhomie ? Nulle compagne qui n'ait été giflée sans raison ou trompée avec la première secrétaire venue, alors qu'elle se croyait l'unique élue.

Staline sait que la terreur procède d'abord de l'effet de sidération, de la stupeur qu'il lit au fond des yeux de ses proies, elle lui procure une vive jouissance. Il a conscience de terroriser pour le plaisir. On ne sait jamais ce qu'il va inventer pour distiller l'effroi, pour mettre à l'épreuve la crédulité de ceux qui l'approchent, détraquer les derniers ressorts de confiance qui le rattachent à la condition humaine. Il n'a rien d'une incarnation du Malin mais reste un montagnard, aux désirs bestiaux, aux plaisirs âpres.

Ce soir-là, personne ne prête attention à l'éternuement d'Alexandre K., son garde du corps personnel qui couche à proximité de la chambre. Le courant d'air se glisse sous la porte. Un puissant parfum d'artémise, l'herbe de feu, mêlé à d'autres fragrances de la steppe se déploie autour du lit du Guide.

Un poids s'abat d'un coup sur sa poitrine et provoque une violente asphyxie. Son visage devient noir. Staline essaie de porter la main à sa gorge, jette dans la pénombre un regard plein de rage. Il fouille la table de chevet à la recherche du revolver qui ne la quitte jamais. Ses doigts tremblent. Impossible de s'en saisir. Desserrant l'étau par on ne sait quelle parade miraculeuse, le vieillard réussit à se précipiter hors de son lit et roule au pied du canapé, où il se tient recroquevillé. Il voudrait appeler à l'aide mais il ne juge pas opportun d'être vu dans un tel état.

Une silhouette féminine se découpe en contre-jour dans l'encadrement de la fenêtre. Staline a un mouvement de recul. *Mais aucune femme ne peut rien contre moi*, se dit-il. *Ce n'est pas réel*, répète-t-il en son for intérieur. Lui qui pensait s'être débarrassé des apparitions de ces derniers mois ! Ces visions trouvent sûrement leur origine dans son imagination rongée par la vieillesse. Il lève le poing pour maudire l'intruse mais, croyant reconnaître les traits réguliers de son visage, il se ravise.

La mère du Christ, enveloppée dans son grand manteau bleu, se tient pieds nus sur un petit nuage flottant au-dessus du plancher.

La Vierge se révèle dans toute sa splendeur immaculée.

Aussitôt, les yeux mouillés de larmes involontaires, Staline s'agenouille et joint les mains. Une voix crie avec désespoir dans son cerveau : *Il est temps. Tu es donc venue me chercher ? Je vais être admis au royaume...* Pâles, ses lèvres tremblent. Il se tord en tous sens sur le sol, impuissant à tenter quoi que ce soit contre elle. Alors qu'il se pensait l'âme la plus cruelle et la plus noire, une visite d'exception lui est réservée. L'histoire du baiser de la steppe lui est complètement sortie de la tête.

Toujours frappé de paralysie, Staline implore et menace la mère du Christ : doit-il se préparer au trépas ? L'ivresse lui fait rouler des yeux hagards. *J'étouffe, j'étouffe...*

Sainte Marie prend son temps, se moquant bien de le voir mourir à petit feu. Elle sort peu à peu de l'ombre mais reste dissimulée sous un voile de dentelle. Pivotant sur elle-même, l'apparition dégage lentement son visage. Sous la masse de cheveux noirs apparaissent des traits doux et réguliers, son bel ovale resplendit d'une blancheur pure. Staline peine à soutenir son éclat. C'est bien la Sainte Vierge face à lui, conforme en tous points aux icônes du petit séminaire. La perfection de la céleste consolatrice évoque encore d'autres souvenirs.

Soudain, les écailles lui tombent des yeux.

— Nadejda* ?..., risque-t-il. Ma Nadejda, est-ce toi ?

Aussitôt, l'apparition est secouée d'un étrange sanglot qui se transforme en rire de dépit. On dirait un automate détraqué.

— Une appendicite ! Une ridicule appendicite ! La vérité sur ma mort a été dissimulée à tous. Même à nos enfants... Tu n'as rien dit, à personne.

Staline tente de se redresser mais ses jambes refusent de lui obéir. La revenante ne prête pas attention à ses efforts douloureux. Les yeux fixes et sombres ne lâchent plus leur proie. Après s'être ménagé un long silence, elle reprend du même ton ironique :

— Une balle dans le cœur !

Staline tend les mains vers l'épouse fantomatique comme s'il voulait l'embrasser. L'idée que cet élan de tendresse puisse signer une quelconque réconciliation avec la défunte est vite démentie par son air furieux.

— As-tu lu ma dernière lettre ?

Le vieux maréchal se prend la tête entre les mains. Il n'a toujours pensé qu'à elle lorsqu'il se sentait seul et abandonné.

— Je l'ai gardée, cette lettre.

Elle crache par terre.

— Tu avais passé le dîner à couver cette fille de tes petits yeux dégoûtants...

Staline se tait, conscient qu'aucune force au monde ne peut chasser un revenant venu réclamer des comptes.

— Je t'ai tellement aimé, s'écrie Nadejda. Dès le premier jour, quand tu m'as sauvée de la noyade. Tu t'en souviens ? J'étais tombée de la digue dans mon petit village du Caucase. J'étais jeune et vulnérable.

Staline prend un air de contrition, presque comique.

— Je m'en souviens parfaitement. Tu étais déjà mon adorable poupée.

Réussissant enfin à saisir la crosse du revolver sur la table de chevet, Staline fait feu. La balle traverse l'apparition. Le bruit donne l'alerte. Profitant de la diversion, le maître se jette sur la revenante et tente de la retenir par le bras, mais elle le repousse sans peine avec une moue dédaigneuse.

— Ne m'approche pas ! Ne bouge plus !

Staline s'effondre face contre terre, les bras en croix. Il sanglote. Par quelle farce veut-elle épuiser le peu de raison qui lui reste ?

— Je ne quitte plus notre datcha que tu as décorée..., s'écrie-t-il, le visage ravagé de tics nerveux.

— Ni tendresse. Ni affection, jamais !

— Des millions d'hommes ont été affranchis... Des millions d'affamés, de serfs en guenilles et d'enfants faméliques qui manquaient de tout. Je leur ai donné l'espoir et la fierté.

Elle lui parle de tout autre chose. Entendant le mot « mariage » au beau milieu d'une longue liste de reproches, Staline lui lance un coup d'œil goguenard :

— Nous étions camarades, égaux, tu militais à la section féminine du Parti. Tu aurais voulu que nous nous jouions la comédie des époux bourgeois ? Les niaiseries, les romances à l'eau de rose ? Allons, ce n'était pas digne de nous...

L'incarnation menace de révéler au peuple la vérité sur sa mort et de provoquer un scandale. Personne ne peut plus la faire taire.

— Tes mains autour de mon cou, à serrer comme un fou malgré mes supplications. Ma vue se brouillait. Et quand tu me traînais par les cheveux, quand tu me labourais le ventre à coups de pied, les soirs où tu rentrais ivre. Tu te souviens ?

— Tu es venue te venger ?

Le vent s'engouffre dans la chambre et soulève les rideaux. Staline entend la revenante pousser une longue plainte. Il ne peut lui imposer le silence. Sa vie de brutalité et de crime défile.

— Mes sœurs, mes frères, mes cousins... assassinés, déportés ou disparus... Ton propre fils, Yakov ?... Abandonné aux nazis.

— Sacrifice patriotique !

— Svetlana, ta « petite hirondelle »... insultée et giflée parce qu'elle aimait un cinéaste juif qui avait pour seul tort de te déplaire. Vassili, notre fils ?... Vautré dans l'alcool, la drogue et les orgies depuis son plus jeune âge. Réduit à l'état d'épave...

Staline esquisse un geste de fureur. Mais le spectre s'écarte avec vivacité et poursuit, le visage éclairé par la lumière crue de l'électricité.

— Tout meurt autour de toi. Un cercle noir, un cratère de lave en feu où tous les membres de ta famille et tes amis sont précipités, les uns après les autres. Personne ne te survit... Porc ! Tu n'es qu'un sale porc ! Par qui m'as-tu remplacée ? Des danseuses, des secrétaires ? Valia, ta servante ? Ton regard vicieux et tes sales mains ont toujours traîné partout.

La porte s'ouvre et la vieille gouvernante se précipite.

— Mais qui a laissé cet oiseau entrer dans votre chambre ?

L'apparition se réfugie sur le rebord de la fenêtre. Puis disparaît en donnant de grands coups d'ailes dans le ciel de Moscou où naissent les premières lueurs de l'aube. Elle s'envole au-dessus des toits du Kremlin. L'horizon s'éclaire, les branches des bouleaux bruissent. Les moineaux annoncent la matinée dans leur joyeux piaillement.

Au pied du canapé, Staline n'est plus qu'un vieillard à bout de forces, une loque. Son regard parvient enfin à distinguer le visage de sa gouvernante penché sur lui.

Le maître grommelle :

— Pas les médecins. Ce ne sont que des traîtres ! Je ne veux plus qu'ils me touchent.

5

Un modeste lac, relique de la mer d'Aral, a été saisi par le gel avant d'être enseveli sous une épaisse couche de neige. Sur la steppe glacée qui l'entoure, la bande de cavaliers, suivie d'un chameau lourdement bâté, a dû renoncer à trotter. Les encolures des chevaux, épaissies par la bourre d'hiver, oscillent en lents mouvements qui trahissent l'épuisement. Les naseaux rougis presque à vif pendent au ras du sol et lâchent de courtes colonnes de fumée. Les cavaliers sont aussi à bout de forces. Depuis des jours, ils puisent dans les maigres provisions accrochées à l'arçon de leur selle. Pour boire, ils font fondre de la neige.

Le visage effilé de Zafar, avec ses yeux rusés, évoque un renard polaire. Le lieutenant de Nabidjon méprise le froid. Sans son intelligence aiguisée, la petite troupe n'aurait pas survécu trois jours aux intempéries. Ses hommes, à peine sortis de l'adolescence, espèrent néanmoins revoir un jour les falaises du Tchink battues par les flots. Une même volonté les unit, un désir ancré dans leurs corps privés depuis des mois de sommeil et de nourriture. Les combattants se sont rebaptisés les « Fils de la mer ».

Après le départ des mouettes et des goélands dès la fin de l'automne, les effluves marins ont disparu à leur tour. Les rebelles ne décèlent plus rien dans l'air qui puisse leur rappeler la présence de l'Aral. Les langueurs, le goût iodé, l'indolence : rien n'en subsiste. Où est la douce respiration de leurs rivages ? Tout ce qu'ils vénéraient leur a été ravi.

Avec le froid, leurs pensées se rétractent. Il ne leur reste plus qu'à s'accrocher aux souvenirs des sensations du large. En selle, quand ils devisent entre eux, il est toujours question d'*elle*. Ils ne prononcent jamais son nom, tout comme jadis, quand ils la priaient pour qu'elle les épargne les jours de tempête. Le plus souvent ils se taisent, s'abandonnent à la cadence des chevaux.

Avec la clairvoyance qui le caractérise, Zafar sait que la fuite n'a rien d'un mode de vie durable, seule la lutte à mort couronnera leur périple de la noblesse à laquelle ils aspirent. Les fantômes des cavaliers de la Horde d'or marchent à leurs côtés.

Pour conjurer leur immense solitude, un jeune combattant entonne un chant de marin d'une voix rauque. La musique leur réchauffe le cœur, ils songent qu'un miracle pourrait sauver la mer de l'agonie. Zafar élabore en son for intérieur une stratégie grandiose dont il ressasse les moindres détails. Ses hommes, bientôt virtuoses dans le maniement des explosifs, anéantiront les digues, pulvériseront les barrages pour libérer l'Amou-Daria et le Syr-Daria. Posé et calculateur, Zafar le moustachu estime que les barrages peuvent être détruits par une poignée de guerriers, à condition que ces derniers soient prêts à tous les sacrifices.

L'esprit de Nabidjon, lui, flotte ailleurs, loin. Si le chaman doit se pencher sur les plans de Zafar, il les juge dérisoires, ne cachant pas qu'il en mesure toute l'insuffisance comparée au cataclysme qu'ils affrontent. Il vit toujours au milieu de visions, cherche à entendre ce qui pourrait se cacher sous le silence. Peut-être un murmure, un lointain râle, pourquoi pas un message de l'ogresse ? Un son qui le guiderait vers elle. Leur protectrice a percé les mystères de la nature. La rejoindre reste la meilleure option. La sentence que prononcera la divinité dépassera tous les châtiments que les hommes les plus courageux pourront infliger aux Russes. Elle épargnera leurs sacrifices. Le moment est venu de la réveiller.

Son lieutenant l'accuse de se laisser aveugler. Le chaman n'en fait qu'à sa tête et prétend entendre une partition céleste.

La rivalité entre les deux chefs dégénère au lendemain d'une aventure où Nabidjon s'est désolidarisé de la bande. Le chaman a enlevé le chameau et a commis l'imprudence de s'élancer seul sur la steppe. Sans vivres ni équipement, il a cherché la déclivité gelée où dort la divinité des eaux. Le souvenir de sa puissance l'a porté. Le blizzard soufflait, la neige tombait sans discontinuer. Il croyait percevoir l'intense vibration de la géante. Combien de jours a-t-il erré ainsi ? Peu à peu, ses forces l'ont abandonné.

Une nuit particulièrement glaciale, il se blottit contre le chameau, s'enroulant dans une longue couverture de laine, mais il ne peut échapper aux morsures du froid. Et les nuits suivantes sont pires encore. Une tempête de neige se lève quand il veut repartir. Le chameau s'arrête net, Nabidjon doit le fouetter durement pour l'obliger à progresser face au vent. L'homme ne sent plus ses membres, il palpe son visage, craignant de perdre son nez ou ses oreilles gelés. Les journées glaciales se succèdent. Bientôt, il le sait, il ne devra sa survie qu'au sacrifice du chameau.

D'un coup, il égorge la bête qui ne lui a jamais fait défaut. Il lui ouvre les entrailles, écarte les côtes, l'éviscère et s'accroupit dans la cage thoracique alors que le sang chaud de l'animal bat encore contre ses flancs. La bande le découvre ainsi, recroquevillé dans le berceau de chair et de pelage que forme le cadavre de l'animal.

Comparaissant devant ses frères d'armes, le chaman ne reconnaît pas ses torts. Chacun déplore son inconscience, son égoïsme. Son prestige de chef en est affaibli mais il prétend commander encore les cavaliers. Zafar se montre aussi digne qu'on peut l'être dans ce genre d'affrontement ; Nabidjon, lui, a le visage d'un homme que les obsessions ont rendu fou.

Seul le sage anaxacal pourrait départager ses deux fils. En son absence, chacun espère que son rival cédera le premier pour éviter d'en arriver au duel, selon un code d'honneur encore en vigueur dans la steppe. Puisqu'ils refusent de fléchir, il faut en finir au plus vite. Bien que la saison ne s'y prête pas, la perspective d'un koptari* apparaît comme la seule solution pour mettre fin à la haine qui divise les deux hommes. La joute à mort fera office de justice, nul ne pourra contester la légitimité de son issue.

Les deux chefs font quelques pas, côte à côte, afin de s'entendre sur les règles du combat. Puis ils montent en selle, se rangent en ligne avec leurs équipiers avant d'indiquer les contours du grand champ où il sera permis de galoper. Un cri de joie sauvage donne le signal du départ. Les hennissements des chevaux, qui ont bénéficié de quelques jours de repos pour l'occasion, déchirent le ciel. Les éperons labourent leurs flancs. Tous s'élancent vers leur proie, une carcasse de loup remplie de pierres qu'il faudra déposer en premier dans le cercle de justice.

Zafar éprouve une jouissance féroce, presque enfantine, à l'idée de détrôner le chef arrogant qui a cru se mettre en travers de son chemin. Sa monture se lance dans un galop frénétique. Mais très vite, il se sent pris dans un étau : les partisans de Nabidjon l'enferment, épaules contre épaules. Dans un horrible rictus, Behruz, le frère de Rustam, contient Zafar sur sa gauche. La monture enfiévrée de Behruz mord soudain la cuisse de Zafar, qui pousse un hurlement dément. Le sifflement de sa lanière cloutée précède le coup violent qui s'abat sur le chanfrein du cheval. La grosse mâchoire pleine d'écume claque dans le vide. La fureur déforme les traits du cavalier.

Une horrible mêlée recouvre la carcasse de loup. Insultes, crachats, huées. Des chevaux sont à genoux, d'autres cabrés. Bestialité et jubilation mêlées se lisent sur les visages des combattants. Les Tables de la Loi sont révisées. Ils ne font pas que se battre, mais, poitrail contre poitrail, encolure contre croupe, les cavaliers prient, renouent avec les codes d'honneur des clans. La force, le courage, l'adresse triompheront toujours.

En une seconde, trop brève pour que quiconque puisse décrire le coup précis qui lui a donné l'avantage, Norbek le bègue s'arrache à l'enchevêtrement des centaures et s'élance en traînant la carcasse de loup contre les flancs de son cheval. Presque aussitôt, il est rattrapé, englouti par un tumulte de bonnets d'astrakan, de poings dressés et de sabots furieux. La dépouille retombe lourdement à terre.

Avec les yeux d'un aigle, Nabidjon observe en bordure du terrain le pugilat. Il ménage ses forces, laissant à ses équipiers le sale boulot. On le tient pour le meilleur cavalier de la steppe, sa légende s'est propagée jusqu'au désert du Karakoum. Sa vanité lui commande d'éviter les empoignades, de se soustraire au souffle du corps-à-corps et d'attendre l'occasion pour risquer une échappée en solitaire. Tandis qu'il suit les heurts et les abordages, le masque de Zafar, illuminé de bonheur, jaillit d'entre les crinières. Il a lâché ses rênes pour empoigner à pleines mains la carcasse du loup. Son cheval piqué aux flancs s'est jeté en avant, paré de tout l'orgueil du monde. Les partisans de Nabidjon ne parviennent pas à se dégager de la mêlée pour se lancer à sa poursuite. Le chaman doit quitter sa posture de retrait et se décider à galoper. Il aspire le vent à pleines narines, une mimique féroce découvre ses petites dents pointues. Ce n'est pas l'instant propice qu'il espérait, il le sent, mais sans son intervention la défaite de son camp est inévitable. Ils volent sur la steppe gelée, son cheval et lui. Quand il parvient à la hauteur de Zafar, il bascule sur le flanc de sa monture et plante les ongles dans le pelage du loup.

La proie est aussitôt écartelée entre les mains des deux chefs. La cravache de Zafar cingle Nabidjon de coups rageurs. Le chaman ne cédera pas. Plutôt la mort. L'idée d'une manœuvre insensée lui traverse alors l'esprit. Une humiliation atroce. Une ruse terrible. Il passe ses forces en revue. Il fait mine de céder sous l'avalanche de coups, puis de lâcher sa proie. Le cercle de justice se profile devant eux. Zafar, persuadé de sa victoire prochaine, tire brusquement sur le loup avec une force décuplée. Sans lâcher, Nabidjon paraît glisser plus encore vers le sol, près de chuter lourdement entre les sabots de son cheval. Le visage dilaté de vanité, Zafar redouble d'efforts. Il n'exprime plus que la joie sauvage de la victoire. Mais au moment où il paraît le plus déséquilibré, Nabidjon réussit à pivoter sur sa selle jusqu'à se rétablir d'un coup dans son assiette. Et Zafar ne peut éviter d'être arraché de la sienne pour tomber pitoyablement sur le sol glacé.

Nabidjon finit sa course au petit trot avant de balancer tranquillement la carcasse du loup dans le cercle de justice.

Quand les autres cavaliers les rejoignent, la joie s'est effacée des visages. L'affront est tel que Zafar le moustachu n'a d'autre choix pour rétablir son honneur que de dire :

— Tu es en droit de me tuer maintenant.

Les yeux rapaces de Nabidjon étudient longuement les traits défaits de son lieutenant. Puis sa bouche esquisse un sourire :

— Je t'accorde ma grâce, Zafar. Mais, en contrepartie, je t'ordonne de te mettre avec moi en quête de l'ogresse sacrée qui veille sur la mer d'Aral.

6

— Les preuves ? s'impatiente Staline, découvrant une rangée de dents gâtées.

L'ingénieur-amiral Bérézinsky, qui n'a jamais eu l'honneur d'un tête-à-tête avec lui, se surprend à penser que le maître a un physique commun, de plouc géorgien. Petit et trapu, les cheveux plantés drus et bas sur le front, du crin de sanglier, les yeux fuyants et vitreux, les doigts gras, la parole rare. Sa veste militaire, raidie par les pluies battantes, les manches criblées de trous de cigarettes, donne l'impression de n'avoir jamais été changée. De près, il pue le tabac à pipe et la transpiration. Plus jeune, il a affecté des airs de jésuite mais la vieillesse l'a ramené à sa nature profonde de rustre. Quelle volonté fait encore battre son vieil organisme en bout de course ? Aristote Bérézinsky a vu qu'on devait l'aider à monter trois marches d'escalier. Un frisson lui parcourt la nuque. Il sait que Staline, même à soixante-treize ans, n'est jamais aussi dangereux qu'en jouant du trouble que suscite la proximité avec sa personne sacrée.

— Tes ordres, Vojd, ont été exécutés avec toute la diligence nécessaire, se défend-il pour la dixième fois.

— Arrête ce jeu ridicule avec moi, rugit le maître en contractant ses pommettes criblées de petite vérole.

Bérézinsky peut voir se refléter dans les pupilles de Staline les fenêtres de la Loubianka. Il pense aux arrestations, aux interrogatoires, à toutes sortes de tortures, aux emprisonnements provisoires qui durent des mois. Une spirale infernale. Les innocents finissent toujours par avouer. Au bout de l'instruction, tous méritent leurs sévères condamnations. N'importe qui peut tomber dans le piège. Il ne compte plus les amis arrêtés la nuit par la police secrète et dont plus personne n'a jamais entendu parler. Pendant des mois, leurs familles ont réclamé des nouvelles en vain.

La petite pièce inconfortable où il a été introduit tient à la fois de la salle à manger et du bureau. Une vieille servante a déposé sur la table des sandwichs et une carafe d'eau.

Le Guide dévisage son interlocuteur avec une fureur contenue :

— Ce vent antisoviétique m'a encore attaqué la nuit dernière. Les bourrasques m'ont frappé avec lâcheté. Je croyais que vous me protégiez ? Vous étiez censés m'épargner ces humiliations. Es-tu le responsable de l'opération Grande Soif ?

L'anxiété de Bérézinsky déforme les coins de sa bouche.

— Oui, Joseph Vissarionovitch, je suis l'homme chargé de cette question.

— Une pluie de récompenses n'a-t-elle pas été décernée à tous les membres du Parti qui ont asséché la mer d'Aral ? J'espère qu'une bande de parasites n'a pas accaparé un triomphe immérité. Quand je songe que je pensais à toi pour mener le grand Plan de transformation de la nature ! Il faudra planter d'immenses forêts, irriguer les steppes, mais si tu cales déjà sur l'assèchement de cette mer de presque rien, il se peut que tu n'aies pas l'envergure, ni la volonté de conduire ce vaste dessein dont nous rêvons tous.

Le visage empourpré, l'ingénieur-amiral balbutie :

— Nous nous sommes concentrés sur notre mission.

Staline reprend avec une voix si terrible que les épaules de son visiteur sont projetées vers l'arrière :

— C'est tout ce que tu trouves à me dire. Et tu restes là à me regarder ?

Bérézinsky s'affaisse :

— Non, je pense que nous avons failli.

— Le mal a-t-il été arraché à la racine ?

Le silence qui suit est interrompu par la sonnerie stridente du téléphone. Après avoir décroché, Staline écoute, le front plissé, et grogne :

— Vous n'aurez qu'à dire que c'est un accident de la circulation.

Puis il raccroche avec brusquerie.

Il approche son fauteuil de celui de Bérézinsky de manière à parler dans son haleine. Les prunelles du maître s'enflamment :

— As-tu constaté par toi-même la disparition totale de la mer d'Aral ? J'attends les preuves.

Le changement survenu dans l'attitude de Staline lui cause une telle frayeur que Bérézinsky menace de dérailler.

— Je n'exclus pas qu'il subsiste quelques poches isolées. Mais, selon les informations qu'on m'a transmises, la mer d'Aral ne présente plus aucun danger. Plus aucun vent ne peut s'y former.

Un éclat de rire secoue la carcasse de Staline.

— Tout est ta faute. Tu as adopté à l'égard de cette petite mer une attitude désinvolte, indigne d'un responsable soviétique. Il n'est pas étonnant maintenant que tu payes ton incompétence.

Pour la première fois de sa carrière, le grand savant à la tête de l'Institut d'océanographie sent un mélange de honte et d'indignation gagner son front.

— Je t'assure, nous projetions de la vider entièrement. Nous y avons travaillé sans relâche.

— Tu persistes donc à prétendre que tout a été mené au mieux.

Staline ne lâche pas du regard l'ingénieur-amiral, qui s'avachit dans son fauteuil. Au bout d'un moment, Bérézinsky tire de son uniforme un papier qu'il déroule sur toute la longueur du bureau du maître, puis il entreprend de souligner du doigt les contours des ultimes lagunes.

— Il ne reste plus que ces confettis… Les deux fleuves sont décapités, la mer rétrécit à vue d'œil, il est absolument inenvisageable que le moindre vent marin puisse se lever sur ses flots.

Bérézinsky oublie qu'il s'entretient avec le Soleil de la pensée. Une crispation déforme le visage de Staline.

— Je suis donc en train de mentir.

— Maître, tu n'as pas d'égal. Mais, sincèrement, nous sommes face à une énigme.

Soudain, Staline est gagné par une gaieté cruelle. Il faut toujours qu'il en soit réduit à écouter ces histoires à dormir debout. Il sent monter dans sa gorge un goût de sang. Sa voix se fait sourde et vulgaire :

— Continueras-tu longtemps à débiter tes âneries ?

Bérézinsky éponge son front trempé de sueur avec un mouchoir de soie. Il comprend qu'avec cette conversation s'évanouit la quiétude de son ancienne existence. Lorsqu'il rouvre les yeux, il balaie du regard le vaste bureau comme si c'était la dernière fois qu'il voyait la lumière. Il disparaîtra dans un tunnel sans fin, il n'en ressortira qu'après avoir vu défiler des dizaines de petites gares perdues à travers les vitres du train, puis il finira jeté sur le sol gelé d'une colonie pénitentiaire en Sibérie. Il se décompose quand il croit que la paume de Staline cherche sous son bureau le bouton qui commande l'alarme du poste de garde.

De but en blanc, l'ingénieur-amiral se lance :

— Je crains de ne pas avoir toutes les garanties à te donner. Nous avons laissé la petite mer à l'agonie. Mais je te promets de mettre fin à ce souffle odieux qui trouble ton sommeil. Laisse-moi finir le travail. Cette fois-ci, je tiendrai parole...

Le regard de Staline s'est voilé. Pourquoi perdre son temps ? Ce minable devrait déjà être menotté. Le silence va bientôt faire place à une violente explosion de colère. Entre-temps, le tyran s'amuse de son propre sang-froid. Décidément, il ne perd pas la raison. Cette certitude le réconforte, le temps d'écouter les nouvelles supplications de son visiteur. Une satisfaction qui confine à la détente se répand dans son vieux corps usé.

— Je te donne un mois de sursis. Va-t'en ! grommelle-t-il.

7

Chaque fois que l'ombre aperçue au fond de la mer passe sur son visage, Nabidjon entre en transe. Le chaman roule les yeux, son corps se désarticule. Les paroles des ancêtres s'échappent de sa bouche. Depuis sa victoire contre Zafar le moustachu, son ascendant sur les rebelles se renforce.

Le soir, devant le feu de camp, il fait l'éloge de la géante pourvue de griffes acérées avec une voix vibrante reliée à la connaissance absolue. Puis ses bras s'élèvent vers le ciel, au milieu des fumées et des incantations. Les Fils de la mer vont la tirer du sommeil et implorer son aide. Elle leur rendra l'Aral. L'ogresse la transformera en un volcan, en un typhon, en une lionne sauvage ; sa force surnaturelle dépasse tout ce que les hommes ont pu imaginer. Elle sortira des abysses pour les venger. Il lui suffira d'ouvrir la bouche sur trois rangées de dents pointues pour dévorer les Soviétiques, leurs maudits soldats, la terre entière. Bien que d'une laideur repoussante, la divine géante se tient à la tête de l'armée des esprits.

La magie le rend si redoutable que Nabidjon ne prête plus attention aux paroles de son lieutenant, il ne perçoit rien de son trouble mais Zafar le tient pour un esprit dérangé. Il ne supporte plus de le voir échauffer les cervelles des combattants, il veut revenir à une action ordonnée. Tous ces grigris, ces gestes étranges l'exaspèrent. Un vrai meneur doit faire preuve de stabilité. S'il n'était pas tenu à la loyauté par un serment d'honneur, Zafar l'arrêterait sur-le-champ. Parfois, il se plante devant Nabidjon, les mains enfoncées dans le gros ceinturon d'où dépassent les crosses de ses revolvers. « Ce n'est pas une manière..., dit-il froidement pour le mettre en garde. Tu montes la tête à ces pauvres gosses. Si nous continuons à nous enferrer dans la superstition, nous sommes perdus. »

Tard dans la nuit, alors qu'ils sont allongés autour des braises du feu, les rebelles peuvent à peine deviner la silhouette du chaman mais ils entendent encore sa voix monocorde qui prolonge sa transe, égrenant des mots stupéfiants qui ne ressemblent à aucune langue humaine. Seul Zafar continue à le surveiller du coin de l'œil, désespérant de voir la bande de jeunes révoltés accepter une stratégie qui rendrait leur soulèvement crédible et leur éviterait de grands dangers.

Quand l'aube se lève sur l'immensité, Nabidjon en finit avec sa cérémonie, flageolant et pâle. Repu de sa propre magie. Zafar songe à se lever d'un bond et à l'étrangler de ses propres mains. Pourquoi rester à la merci d'une créature errante et tourmentée, tombée dans un tel état d'abrutissement ?

La colonne de cavaliers se faufile dans un étroit canyon qui doit marquer une étape décisive avant d'atteindre les profondeurs de la mer. Rien ne verdira jamais sur cette étendue stérile. Nabidjon pousse un cri violent. Le rocher, érodé par la houle, que les marins comparaient au dos d'une baleine, apparaît devant eux. Il est dix fois plus gros qu'au temps où il était entouré de son collier d'écume.

— Nous approchons. Elle nous attend !

Les absurdités que le chaman prononce accentuent la mauvaise humeur de Zafar. Depuis combien de jours tournent-ils en vain sur la steppe ? Les chevaux s'épuisent. La bourre d'hiver se détache maintenant en larges bandes pelées qui pendent sur leur croupe. L'air est devenu chaud, épais. Le printemps est déjà brûlant. Les contours de la réalité semblent s'être évanouis. Les regards des hommes convergent parfois vers des points de fuite où ils devinent un désert tout aussi vaste. Tout cela n'a plus aucun sens.

Avant le coucher du soleil, la bande de rebelles atteint une large déclivité circulaire qui doit correspondre à une ancienne fosse marine. Le mot déesse s'envole de la gorge de Nabidjon, qui veille à entretenir l'excitation de la troupe par de grands gestes d'allégresse. Les hommes se sentent bientôt tout petits, perdus à l'approche de leur protectrice.

Cette nuit-là, les contorsions du chaman sont plus effrayantes que jamais. Il se jette au sol, se roule dans la poussière, se roue de coups. La sueur coule sur son visage défiguré par des simagrées. Il ne s'appartient plus. Un cri dément marque la fin de la transe. Puis il s'effondre, raide, comme mort. Ses lèvres bleuissent, ses yeux injectés de sang restent figés, sans le moindre battement de cils.

Les hommes se persuadent qu'une vérité supérieure leur sera enfin révélée le lendemain. Mais, dès le lever du jour, ils sont désappointés par la longue errance que leur impose encore leur guide spirituel. Ils marchent sans direction claire.

Le soleil de midi brûle les amoncellements d'algues et de végétaux subaquatiques. Les rebelles pataugent là où, durant des millénaires, les longues chevelures vert chlorophylle des algues ont ondulé dans les eaux, où les hippocampes, les poulpes et les méduses ont dansé leur ronde énigmatique et silencieuse. L'émotion les étreint dans la lumière crépusculaire d'avril. Ils découvrent ce qui a été le sanctuaire de la vie marine, devenu un cimetière à ciel ouvert où tout pourrit et se dilapide en puanteur sous leurs pas.

— Elle est ici ! Ici ! s'écrie soudain Nabidjon en pointant du doigt un défilé rocheux.

Ils pénètrent dans la partie qui a dû être la plus secrète de la fosse marine, peut-être même la tanière d'un fabuleux kraken*. Aussitôt, Nabidjon se jette de son cheval. Un bruit de succion accompagne ses pas. L'ombre de la géante l'envahit. Le sorcier se met à ramper, à bondir, à glapir :

— Elle s'est réveillée ! Elle reposait ici ! Elle s'est envolée !

Il croit deviner les empreintes de sa nuque préhistorique, de ses coudes osseux. Les restes de la couche de l'ogresse, invisibles aux yeux des profanes, occupent un espace large de plus de cent pas. Nabidjon commence à s'enduire la tête et le corps de la vase sacrée. Il se tourne vers les jeunes mais ses yeux regardent à travers eux, enflammés de haine et de joie. S'attend-il à ce que les Fils de la mer reprennent ses prières endiablées en chœur ? Certains d'entre eux hésitent à prendre la fuite, cette fois.

À l'écart de la bande, Zafar assiste au rituel infect, gagné peu à peu par une colère démesurée. Toute la rébellion menée depuis des mois, semée de morts et sacrifices, aboutit à une danse grotesque. Dans ce pays pillé par les Russes, le peuple ouzbek a été tenu à l'écart de la lumière du Droit et de la Civilisation à cause de ce genre de cérémonies, il a été constamment dénigré, moqué, rabaissé. Zafar tressaille. Le spectacle répugnant qu'offre Nabidjon est conforme à l'idée humiliante que les Russes se font d'eux. L'indigène dans toute sa basse condition : incapable de la moindre découverte scientifique, ni de former la moindre armée, ni de réaliser la moindre conquête. À jamais défini par sa relation de soumission envers les maîtres russes. Il est temps que le monde entier sache qu'il existe dans cette contrée verrouillée par l'URSS une noble rébellion animée par un vrai sens politique. La terre entière doit savoir ce qui se joue dans le lit à sec de la mer d'Aral : *Liberté ! Liberté !*

Zafar s'approche de Nabidjon, dégaine lentement son revolver, plaque le canon à l'arrière du crâne de son rival. Les yeux fermés, bras tendu, le moustachu vide le chargeur. Le crâne de Nabidjon éclate. Le lieutenant recule, tentant de maîtriser sa terreur.

Son devoir, il ne fait que son devoir.

Puis le nouveau chef se tourne vers ses hommes en s'écriant :

— Nous allons lancer l'assaut.

Aussitôt lui répondent les clameurs d'approbation de toute la troupe. Tous consentent à lui obéir les yeux fermés.

8

Malgré les portes capitonnées, Leonid Borisov entend tonner une voix terrifiante en provenance du cabinet de curiosités. Il peine à reconnaître son mentor. Les timides réponses de son secrétaire n'arrivent qu'à contretemps, après de longs silences. Lorsqu'il est invité à entrer, le jeune ingénieur craint d'être à son tour en butte à la furie de son supérieur. Un encrier de cuivre en forme de galion espagnol est apparu sur le bureau de Bérézinsky. Sa colère est telle que Borisov se prend à redouter que le lourd objet ne se transforme en projectile. La pâleur de son interlocuteur est frappante. Et quand il voit ce dernier tenter de remettre de l'ordre dans le fouillis de ses papiers, Borisov pense que l'homme essaie d'en faire autant avec le désordre de ses humeurs.

— À chaque minute qui s'écoule, notre situation s'aggrave, commence le haut gradé.

Pour la première fois depuis leur rencontre, au lendemain du banquet de l'hôtel Moskva, Aristote Bérézinsky laisse entrevoir son angoisse à l'idée de froisser Staline. Il n'a pas dormi de la nuit. Peut-être s'imagine-t-il prisonnier d'une colonie pénitentiaire de Sibérie, le crâne rasé, lapant un horrible bouillon après une journée à casser des rochers. Au plus fort de l'agitation, il se lève et déambule dans son immense bureau, enjambant les piles de dossiers, espérant exhumer quelques pièces compromettantes qui lui permettront de faire pression sur les officiers du MGB et d'obtenir en échange d'être averti de l'heure de son arrestation.

— Je dois exécuter les ordres, résume-t-il. Tu m'as donné ta parole que la mer était hors d'état de nuire. Le camarade Staline ne tolère pas les insubordinations, il n'est pas aussi indulgent que moi.

L'ingénieur-amiral somme Borisov de décrire avec précision l'état de la mer d'Aral. Les deux hommes s'absorbent longuement dans l'observation du dernier relevé cartographique des poches d'eau. Leonid choisit ses mots avec une extrême précision sans cacher les victoires de la rébellion. Une expression de doute et de méfiance ne quitte plus les traits de son mentor.

— Le fief de la dissidence se résume donc à ces quelques flaques ?

Le jeune ingénieur rougit. Son maître s'exprime toujours avec une telle autorité qu'il se sent incapable de le contredire.

— L'objectif de contrôle absolu de la nature est à jamais inatteignable, plaide-t-il.

Bérézinsky s'est refusé à dénoncer son protégé pour incompétence et mensonge, mais il se trouve bien trop en danger désormais pour se contenter de si piètres réflexions. Il n'est plus seulement question d'être relevé de son commandement, mais d'être jeté en prison et torturé à mort.

— Je ne veux plus d'approximations. J'ai un revolver pointé sur la tempe. Je m'en suis sorti de justesse en concluant un pacte avec Staline. Je lui ai garanti qu'il ne serait plus jamais importuné par le petit vent criminel de la mer d'Aral.

On frappe à la porte. Un cadet de marine entre et se met au garde-à-vous :

— Plusieurs peintres et écrivains demandent à être reçus.

L'ingénieur-amiral est au comble de l'exaspération :

— Je n'ai rien à faire d'eux...

Borisov vient de comprendre la véritable portée de toute cette affaire.

— Comment se racheter maintenant ? demande-t-il.

— Je t'ordonne de retourner sur place. Mène ta mission jusqu'au bout ! La mer doit être épuisée, saignée, charcutée.

Le cadet se montre à nouveau :

— Pardonne-moi, camarade ingénieur-amiral, mais ces messieurs insistent...

— Congédie-les ! Inutile qu'ils se représentent.

Leonid Borisov, piqué de curiosité, le questionne :

— Que veulent-ils ?

Bérézinsky paraît embarrassé d'avoir à donner des explications.

— Rien... Des artistes qui font le siège de mon bureau pour défendre la mer. Leur source d'inspiration ! Mais ça n'a aucune espèce d'importance.

Il s'enfonce dans son fauteuil, désireux de revenir à l'essentiel.

— Tout ce qu'il reste de la mer d'Aral doit être éradiqué. Il faut maintenant liquider la culture des hommes qui peuplent ses rivages, leurs traditions, leurs croyances. Substituer notre vision, notre langue, notre civilisation à leurs légendes. Effacer leurs souvenirs. Après notre passage, il ne devra plus rien en rester.

— En somme, tu me demandes d'exterminer les Ouzbeks ?

— Tant qu'ils vivront, la mémoire vivra… Il faut les rééduquer, les déplacer. Et s'ils résistent, ne plus hésiter à les éliminer physiquement.

— Sais-tu qu'ils considèrent que nous avons volé la mer de leurs ancêtres ?

— Camarade Borisov, pense au Parti. Sommes-nous un grand pays ? Par le passé, nous avons réussi plusieurs fois à mener ce genre de révolutions. De toute façon, leur vie deviendra impossible dans le grand désert que va laisser l'empreinte de la mer. C'est dans leur intérêt, pour leur bien.

Comme tous les chefs militaires de sa génération, l'ingénieur-amiral Bérézinsky sait trancher. Il a vaincu les nazis. Tout ce qui empêche ou retarde la réalisation des grandes tâches confiées aux savants dans l'intérêt du peuple doit être anéanti. Sa nomination à la tête du département d'exploration hydrographique d'URSS n'a fait qu'asseoir son magistère moral.

— Fais ton devoir. Nous agissons en vertu de considérations politiques supérieures à la cause des Ouzbeks. C'est un mal nécessaire. Que pèse cette petite affaire dans le destin de l'URSS ? Nous sommes condamnés, nous autres, à accomplir des exploits. N'est-ce pas l'histoire de notre patrie ? Le Soviet suprême exige le déplacement de tous les habitants et du bétail dans un rayon de cent kilomètres autour de la mer d'Aral.

Leonid Borisov a pitié des pêcheurs.

— Et s'ils exigent un jour de connaître la vérité ?

— Qui a besoin de connaître une vérité pareille ? Es-tu communiste ou pas ?

Leonid Borisov se sent oppressé. Un poids lui écrase la poitrine. Il réussit à maîtriser l'envie de hurler. Il songe aux pêcheurs qui vivent en harmonie avec l'Aral. Il lève le regard sur son supérieur. Pourquoi se refuse-t-il à accorder à la mer une dimension sacrée ? Mais le jeune ingénieur capitule. Dans ses yeux, le reproche a laissé place à une terrible résignation. Son mentor affiche toujours une réprobation de procureur implacable :

— Je me suis trompé sur ton compte, camarade Borisov. Tu manques de détermination et de courage. Il y a des documents et des témoins qui t'accusent de négligence. Ton tempérament versatile a sapé le projet.

À peine a-t-il digéré ce camouflet qu'une autre voix, nasillarde, s'élève dans son dos pour mieux l'achever :

— Quel talent gaspillé !

C'est une voix que Borisov connaît mais, sous le coup de la surprise, il se prend à douter. Arkady Stépanovitch apparaît dans l'embrasure de la porte. Les deux jeunes gens ne se sont pas revus depuis l'époque où ils partageaient une chambre sous les toits du vieux bâtiment universitaire. Leonid s'empourpre. Ses yeux sondent l'ingénieur-amiral mais ce dernier semble hébété par ce qu'il se doit d'annoncer à son ancien favori :

— Nous devons te protéger contre toi-même. Il y a quelques mois, tu es venu en personne me confier l'état de vulnérabilité dans lequel te plongeait la poursuite de ta mission... Le camarade Stépanovitch te secondera désormais sur le terrain.

Arkady se délecte de l'humiliation infligée à son camarade. Il a gravi les échelons au point de devenir un des hommes de confiance de Beria et, par conséquent, de Staline lui-même.

— Nous allons t'apprendre à servir correctement l'URSS, ajoute-t-il d'une voix forte et provocatrice. Notre devoir l'exige. N'appartenons-nous pas à l'avant-garde scientifique du plus grand pays du monde ?

Tout en multipliant les envolées patriotiques, Stépanovitch étudie l'effet de ses paroles sur le visage de l'accusé. Puis il s'approche de Leonid en écartant les bras pour lui proposer une accolade. Ce dernier lui tend une joue glaciale, avec l'impression d'être piétiné par un talon de fer.

9

Après avoir entendu un choc mat et violent, l'équipage du *Kirov-28** s'est retranché, paniqué, dans le compartiment d'habitation. La seconde secousse a été plus brutale encore. Un marin a glissé sur le dos jusqu'à une torpille dont l'aileron effilé aurait pu lui trancher la gorge. Le mécanicien en chef a réussi à se cramponner à un mollet sans que le propriétaire de la jambe, prostré, parvienne à faire valoir ses droits. Quand l'alimentation électrique a lâché, les soixante-dix hommes d'équipage se sont mis à pousser des hurlements.

Puis, tout est devenu silencieux et sinistre.

Un marin ouvre la bouche pour crier de nouveau mais une main se plaque contre ses lèvres et les maintient solidement fermées. Personne n'a envie d'affronter une crise de nerfs. Les membres d'équipage guettent le moindre bruit qui leur livrerait une explication. Selon l'hypothèse la plus plausible, ils ont heurté un récif sous-marin que le sonar n'a pas eu le temps de détecter. La procédure d'urgence est enclenchée, un bourdonnement indique que le système de régénération de l'air ne faiblit pas grâce au groupe électrogène.

En principe, les moyens de secours du bord leur donnent le temps de réfléchir dans de bonnes conditions et de prendre les décisions qui s'imposent en cas de naufrage.

Les officiers se sont enfermés dans leur carré. Le commandant Oblamov insulte l'équipage. Une bande d'amateurs ! Il n'a pas fallu attendre longtemps pour qu'un de ces feignants, embarqué à la base d'Aralsk, se dérobe à la discipline. Les sous-officiers qui connaissent son caractère irascible attendent dans le noir que le maître d'équipage veuille bien leur donner ses instructions entre deux bordées d'injures.

— Écoutez ! hurle Oblamov dans un rugissement extraordinaire.

On dirait un goutte-à-goutte de caverne, puis le bruit s'accroît jusqu'à devenir un pissement régulier. C'est le commencement de la fin. Oblamov montre des signes de fébrilité de plus en plus inquiétants. Une voie d'eau s'est sans doute déclarée derrière l'écoutille qui les sépare de la salle de commandement. Heureusement, les presse-étoupes les protègent encore. Un craquement indéterminé se fait entendre. La coque s'est-elle déjà fissurée ? Tous savent qu'Oblamov retarde son inspection, sous prétexte qu'ils n'ont pas de lampes torches suffisamment puissantes. Le sous-commandant Chatrov signale que la température à bord baisse dangereusement, rendant le froid engourdissant. Un peu plus de lumière les sortirait de la peur.

— Les torches sont stockées de l'autre côté, gémit enfin Oblamov, accablé.

Soudain, Chatrov sent un bras puissant encercler ses épaules et une respiration profonde toute proche de son oreille. Le commandant lui murmure d'une voix à demi démente qu'il n'y a plus rien à faire : la double coque va céder sous la pression. Le *Kirov-28* sera leur cercueil d'acier.

— Parlez aux hommes et choisissez les meilleurs pour inspecter le sous-marin, lance le second.

Les ordres ont jailli de sa poitrine, involontairement, mais ils ne souffrent pas la discussion. Saisi d'un inexplicable état d'euphorie, Oblamov s'affranchit de la terreur et recommence à brailler :

— Ouvrez cette porte de fer ! Pressez-vous... Vous me gênez... Poussez-vous. Faites vite !

Le commandant progresse maintenant à quatre pattes dans la salle de pilotage, l'explorant à tâtons. À sa surprise, la faible hauteur d'eau ne présage pas une noyade immédiate. Il se redresse, tente de saisir les commandes et d'allumer les écrans dont il reconnaît les contours du bout des doigts. Sans succès. Il crie, il lui faut une réponse, mais rien ne vient. Jamais il n'a eu affaire à une telle bande d'incapables. Des voix enragées se font entendre vers l'avant. Le poing d'Oblamov s'abat sur la porte qui le sépare de ses hommes.

— C'est vous, commandant ? dit une voix qu'il ne reconnaît pas.

En dépit de sa nature intrépide, le commandant n'a aucune envie d'affronter une mutinerie. Il pousse lentement l'écoutille, guettant le moindre mouvement anormal. Il n'entend qu'une seule respiration, retenue. Une odeur infâme d'animaux monte de l'amas de corps qu'il croit deviner. Soudain les cris furieux reprennent, une bouche qui sort d'un entrejambe l'insulte copieusement. Il recule et porte la main à sa ceinture pour ordonner :

— Les lampes. Donnez-moi les lampes !

Personne ne lui répond. Le commandant du *Kirov-28* comprend qu'il lui faudra s'enfoncer loin dans le monticule de têtes et de membres pour atteindre les cantines métalliques. Il va pour se jeter au milieu des marins mais au moment où il se risque à avancer un bras, un autre homme d'équipage l'invective. Oblamov ne peut s'empêcher d'y voir la réalisation de ses pires prophéties : les sous-mariniers, qu'on estime être l'élite de la nation, des hommes aux nerfs endurcis, ne sont pas dignes de son commandement. Il ne veut plus obtenir d'eux qu'une seule chose : les lampes. Ombres et corps s'animent mais toujours dans la même hostilité.

— Pourquoi nous avoir jetés contre le fond, commandant ?

Oblamov est tenté d'attraper au collet le premier homme et de le gifler à s'en démettre les phalanges. Il doit cependant garder les mains libres et la tête froide, leur montrer l'étendue de sa compétence et de son expérience.

— Les combinaisons et les bouteilles d'oxygène, ordonne une autre voix, plus odieuse encore à ses oreilles.

Exigence scandaleuse ! Lancer le signal de détresse ou pire laisser les hommes enfiler les tenues de plongée et s'échapper par le sas d'évacuation reviendrait à révéler la position du *Kirov-28*. Le déshonneur de tout équipage de sous-marin soviétique.

— Si quelqu'un cherche à sortir du vaisseau à cette profondeur, je l'étrangle de mes propres mains.

Il y a un long silence.

Puis on l'accable à nouveau de sarcasmes chuchotés. Les récriminations les plus absurdes continuent à pleuvoir dans sa direction mais, cette fois, sans réelle portée. Oblamov se réfugie dans un silence douloureux. Puis, il saisit le poignard à sa ceinture pour se frayer un chemin en menaçant de frapper à l'aveugle et même de tuer si quelqu'un ose se mettre en travers de sa route.

On lui tend une lampe torche, il referme la porte de fer en pressant les corps et la verrouille derrière lui.

Mourmansk, Odessa, Vladivostok... Des noms affleurent tandis qu'il s'engage en rampant dans les galeries de la tranche « propulsion ». Le pinceau de lumière balaie les soudures et les boulons. L'acier de la coque, les jointures des tôles, tout est normal. Pas la moindre voie d'eau. Nulle trace de collision. Les tubes du lance-torpilles luisent. La cambuse, les commandes, les machines ne sont pas endommagées. La panne demeure inexplicable. Le commandant tente de remettre en marche les instruments de bord, un bref éclair bleu traverse un écran de contrôle mais le sonar reste muet. Les informations livrées par les instruments sont des plus fantaisistes : les ballasts seraient emplis d'air. Ineptie ! Oblamov ne comprend plus rien. Personne à l'état-major ne devra jamais rien savoir de tout ça.

Après l'inspection, le commandant consent à libérer l'équipage. Les hommes sortent lentement de leur compartiment, se dépliant et dépoussiérant leurs uniformes. Un marin plaque un chiffon contre son visage ensanglanté. On en tire un autre, qui s'est évanoui, par les pieds. Un troisième s'avance en boitant. À l'évidence, et même s'ils cherchent à le dissimuler, ils se sont battus. Chacun d'eux pense qu'il est maintenant possible de s'attaquer au chef haïssable qui leur fait face. Seule les retient la conviction qu'aucun d'eux ne sera capable de commander l'embarcation dans des circonstances pareilles.

Oblamov sent revenir un certain calme et s'adoucit :

— Ayez confiance.

Il fait asseoir l'écouteur dans son large fauteuil, exige le silence absolu, puis il ordonne à l'homme d'interpréter les bruits extérieurs. Dans un premier temps, personne n'entend rien. Pas plus oreille d'or que les autres. Puis, un bref sifflement perce dans le silence, suivi de trois petites notes aiguës et gaies. Des piaillements. L'écouteur hésite, gêné. Il redoute de dire à voix haute la sottise qui lui vient aux lèvres. Tous les marins se regardent parce que la même pensée absurde leur a traversé l'esprit.

— Les oiseaux chantent…, risque un matelot.

— De quoi vous mêlez-vous ? glapit Oblamov.

La consternation l'envahit. L'idée l'effleure qu'ils commencent à souffrir d'hallucinations à cause de la privation d'oxygène.

Soudain s'élève la voix de plus en plus nerveuse d'un homme d'équipage. Ses yeux bougent au rythme de ses paroles frénétiques. Le plongeur de combat propose de se faufiler dans le sas d'évacuation pour tenter une sortie en éclaireur dans les eaux profondes. Oblamov est sommé de se prononcer immédiatement. Les murmures montent en intensité. Le commandant marche à reculons vers son compartiment. L'atmosphère de querelle incessante lui est devenue intolérable. Elle l'empêche de réfléchir. Il donne l'ordre qu'on le laisse un bref instant s'entretenir avec Chatrov.

— Le plongeur va-t-il survivre ?

— Tout dépend de notre profondeur et de la pression, dont nous ignorons tout.

— Que peut-il arriver ?

— Le risque que ses poumons éclatent ou qu'il souffre d'un accident de décompression reste élevé.

Oblamov s'interrompt. Une tentative de sauvetage en dehors des consignes officielles lui déplaît. Enfin, il donne l'ordre d'y procéder à contrecœur.

Dans le sas d'évacuation, le tube permet à peine le passage d'un homme rampant avec ses lourdes bouteilles d'oxygène. Une fois la porte refermée derrière le plongeur, les marins attendent que le sas s'emplisse d'eau. Mais quelques instants plus tard, des coups énergiques retentissent contre la porte. La voix de l'homme s'élève à travers l'acier :

— Ouvrez-moi. Vite. La mer a disparu...

Ils le tirent par les pieds. Les marins enfoncent à tour de rôle la tête dans le sas. Un peu d'air frais s'y engouffre, traversant le tube de part en part.

La nouvelle extraordinaire passe sur toutes les lèvres : le *Kirov-28* se trouve en cale sèche. Il n'y a plus rien à craindre. Les sous-mariniers courent en tous sens dans un déluge de cris et de rires. Ils se précipitent vers le petit escalier menant au kiosque pour se hisser au sommet de la coque. Oblamov fait reculer les hommes à coups de poing pour s'ouvrir un passage. Déjà, les plus intrépides se risquent à sa suite sur le pont et se laissent glisser au moyen d'échelles de corde le long de la coque. Le *Kirov-28* a atterri au milieu d'un grand cratère vide. Quand vient son tour, Oblamov est aveuglé par un éclair blanc. Il sent sur son visage les rayons du soleil. Une étendue de sable jaune s'étire jusqu'à l'horizon.

— Nous sommes bien au fond, commandant, s'écrie Chatrov, presque honteux de sa remarque. La mer a disparu.

Autour d'eux, les marins s'embrassent, dansent, se roulent dans le sable, courent à perdre haleine dans une inconscience qui révolte Oblamov.

D'un geste dérisoire, le commandant saisit un galet et le jette devant lui, le plus loin possible. Le projectile couvre une distance ridicule à l'échelle de l'immensité qui les cerne.

10

À travers le hublot d'un vol spécial, affrété pour l'Asie centrale, Leonid Borisov fixe ce qu'il reste de la mer d'Aral. Un éclat de miroir. La vaste steppe qui entoure la dernière lagune n'est qu'un cimetière d'épaves de navires. Vues du ciel, les colonnes de soldats et de camions militaires forment de longues lignes obliques qui convergent vers les villages. Borisov tire le store et s'enfonce dans son fauteuil. Comment en est-il venu à prendre part à une histoire pareille ? Est-ce à force de croire aux récits d'aventuriers, de rêveurs éveillés ? L'illusion dans laquelle il est taillé l'empêche d'exister, de ressentir, d'aimer. C'est la même demi-vie qu'il mène depuis toujours. Agonie interminable. Sans grande différence avec l'idée qu'il se fait de la mort. Toujours ses vieux démons. Presque aussitôt, il se rabroue : *Chut, tais-toi*. S'il confiait ses tourments à quiconque, il serait perdu. Mon Dieu, l'épaisseur de l'ombre dans cette cabine. Il remonte nerveusement le store.

Quoi qu'il fasse, où qu'il se trouve, une seule question le hante : où est-elle ? Saura-t-il la sauver ? Par n'importe quel moyen ? Son retour à Mouïnak n'a pas d'autre but. Elmira ne peut pas s'être volatilisée. Son esprit surchauffé, plein du vrombissement des moteurs, lui répète inlassablement: *Elle doit être vivante.*

Quand il descend la passerelle sur l'aéroport militaire d'Aralsk, une tristesse collante s'insinue en lui. Au bout des pistes, les gigantesques dragueuses-suceuses rampent en déployant leurs antennes sur les anciens fonds marins, à la recherche de la plus petite flaque d'eau. Avec entêtement, dans des bruits de succion répugnants, elles lapent leur soupe affreuse, mélange de sable, de petits rochers et de vase. Dès qu'elles butent sur une couche de schiste dur, les énormes mandibules s'activent à grignoter le sol. Elles feignent d'ignorer que l'aspiration totale des eaux comporte aussi une foule de dangers. L'explosion de poches de gaz est toujours possible. Mais Staline l'a exigé: il ne doit plus rester une seule goutte de la mer d'Aral.

Triomphant, Arkady Stépanovitch paraît sans tarder à l'arrière d'une voiture de prestige, parée de petits fanions rouges. Il tire sur sa papirossa* et souffle lentement la fumée, les yeux plissés de fatuité. Borisov le salue d'un œil noir. Son successeur peut parader, il incarne le degré le plus bas de l'intelligence et de l'humanité. Avec la bénédiction du Parti, il s'est toujours employé à ruiner les réputations et les succès dont il est jaloux.

Dans un terrible effort sur lui-même, l'ingénieur s'adresse à lui d'un ton amical. De son côté, Stépanovitch grimace un sourire.

— Nous n'attendions plus que toi pour coordonner les opérations les plus sensibles, lâche-t-il avec une nuance de sarcasme.

L'usurpateur tisse toujours sa toile, pense Borisov, qui se sent désormais son captif. Pourquoi une patrie aussi glorieuse que l'URSS exige-t-elle que des « cafards » soient placés à tous les points stratégiques de l'État ?

Les jours suivants, ballotté sur le siège d'un véhicule léger, Borisov voit se refléter dans le rétroviseur ses yeux tantôt mélancoliques, tantôt remplis de colère. À force de se torturer, il devient la négation vivante de l'immense entreprise qui se déploie devant lui. Un village est à peine évacué que les militaires passent au suivant. Ils ratissent méticuleusement les rivages de la mer, investissant le plus petit aoul. Leonid Borisov est ravagé de compassion pour ces villageois qu'on déporte, révulsé par les ruses déployées pour y parvenir.

— Il faut éviter de semer la panique, décrète Stépanovitch.

Les habitants sont prévenus de leur départ au dernier moment. Ils ne comprennent rien à ce qui leur arrive.

Quand un pêcheur demande :

— Quel danger au juste courons-nous ? Pourquoi tant de précipitation ?

Les soldats se contentent de lui débiter le discours officiel :

— Nous avons reçu des informations strictement confidentielles. Ne vous inquiétez pas, nous vous protégeons.

Un autre pêcheur proteste :

— Nous allons être conduits en Sibérie, placés dans une colonie pénitentiaire !

Les miliciens s'approchent de lui et le menacent :

— Taisez-vous, vous faites inutilement peur aux gens ! Il y a des enfants parmi les évacués.

Même les plus rebelles des pêcheurs ouzbeks obéissent par crainte d'être séparés de leur famille. La rumeur court que les plus récalcitrants sont internés. Avec une apparente passivité, femmes et enfants dévisagent les soldats, cherchant en fait un indice quant à leur véritable avenir, un signe si faible soit-il, dans le moindre geste, dans les regards, mais tous se heurtent au silence opaque d'agents entraînés, habitués au secret.

Leonid Borisov a honte de voir les Ouzbeks trompés si facilement. Confiante, une famille s'approche d'un commandant russe. Le père demande timidement de pouvoir organiser les funérailles de la mer défunte. Une petite cérémonie, sobre et digne, avec fleurs et chants. Mais, lui dit-on, aucun motif ne saurait retarder les opérations d'évacuation face au danger imminent.

Leonid Borisov a-t-il les moyens d'empêcher une telle mascarade ? Le malaise ne le quitte plus. Quand il expose son point de vue, et encore à demi-mot, devant Arkady Stépanovitch, ce dernier hausse les épaules dans un ricanement :

— Qui a besoin de vérité ? Nos idéaux suffisent aux citoyens soviétiques.

Des convois de camions emportent des familles serrées les unes contre les autres. Il faut toujours faire plus vite. Tandis que les Ouzbeks embarquent sous les ordres des soldats, les miliciens montent sur les poteaux pour débrancher les lampadaires, déterrer et sectionner les lignes électriques, briser à coups de masse les canalisations d'eau potable. Les aouls évacués à la hâte périssent sur l'instant.

Les enfants pleurent, blottis dans les bras de leurs mères. Des femmes, agents du MGB, tâchent de les réconforter pour les faire monter plus vite dans les fourgons.

— Dépêchez-vous, vos aînés attendent déjà à l'intérieur du camion. La disparition de la mer ne sonne pas la fin de votre vie.

Stépanovitch se tourne vers l'ingénieur.

— C'est une opération de sauvetage, en quelque sorte. Un enjeu vital ! Les populations n'en doutent pas si elles se sentent acculées. Sans autre choix possible. C'est du moins ce dont nous devons les persuader.

Chaque soir, ce dernier télégraphie les chiffres de la journée au Politburo – le nombre de villages rayés de la carte –, ce qui lui vaut les compliments de l'ingénieur-amiral Bérézinsky en personne.

Les soldats ne parlent que russe, ce qui ne laisse pas aux Ouzbeks le loisir de poser des questions. Un pêcheur proteste faiblement :

— C'est notre terre, notre mer, nos bateaux de pêche ; nous sommes liés à ces rivages.

— Oui, oui... mais montez vite dans les camions.

On leur promet, au bout du voyage, de les installer dans des villes nouvelles, construites pour eux, dans des maisons plus modernes et plus confortables, entourées de magasins, de gymnases, de théâtres. Il y aura de nombreuses compensations. Personne n'y perdra au change. Et, à la fin de l'opération, toute présence humaine sera interdite dans la région de la mer d'Aral.

Le discours a été soigneusement préparé, les soldats répètent :

— Non, ce n'est pas une déportation ni un exil mais la promesse d'une nouvelle vie. Bien plus agréable !

Il faut éviter à tout prix la panique et le chaos. Les Ouzbeks qui sont membres du Parti ont confiance dans les décisions du Comité central. Les soldats leur semblent suivre un plan clair et rigoureux. Soucieux du bien-être des habitants. Leonid Borisov, lui, découvre quotidiennement les nouvelles ruses conçues pour désorienter les victimes et les empêcher de réfléchir à leur sort. Chaque ordre est plus cruel que le précédent. Aucune information fiable n'est à la portée des clans de pêcheurs.

Une fois vidées, les villes sont ceinturées de clôtures électrifiées, de miradors, de fossés. Des détachements de soldats, mitraillette au poing, patrouillent pour s'assurer que personne ne revient sur ses pas. Des hélicoptères, des blindés arrivent en renfort. En haut lieu, les dirigeants se montrent très satisfaits des avancées obtenues par Arkady Stépanovitch, qui « seconde » à merveille l'ingénieur prodige dont le caractère fantasque a fait redouter le pire. Personne n'est dupe.

On distribue de la vodka et des cigarettes aux soldats et, en moindre quantité, aux déplacés. Le meilleur opérateur d'excavatrice de l'URSS se voit octroyer des diplômes, les gens applaudissent, ils y croient dur comme fer.

Malgré les étoiles sur ses épaulettes, l'ingénieur est le seul à déplorer l'absurdité de toute l'opération. L'effrayante somme de mensonges liée à la mise à mort de la mer d'Aral n'a pas son équivalent dans toutes les actions de manipulation à grande échelle. En dehors des frontières de l'URSS, nul ne soupçonne cette aberration.

Borisov jette un œil à l'Amou-Daria dont les eaux s'écoulent dans un dédale de canaux artificiels. Son véhicule double d'autres colonnes de blindés. Des chamelles courent devant les tanks, poussées avec leurs nouveau-nés contre leur flanc. Les bêtes des fermes sont abandonnées, livrées à elles-mêmes.

Derrière une façade sereine, Arkady Stépanovitch conduit les opérations avec une animosité inexplicable. Le diable en personne ! Officiellement, il est inexcusable de faire passer sa propre carrière avant le sacrifice patriotique, qui est la seule voie de promotion décente. Mais en observant ce vil opportuniste, Leonid Borisov a perdu foi dans le communisme. Pourquoi de tels hommes commandent-ils ? Lénine a réclamé dix saints pour réussir la révolution. À leur place, les hommes les plus bas et les plus dénaturés se sont emparés des leviers du pouvoir. Depuis trente ans, Lénine n'a eu pour successeurs que des Judas.

Au fil de ce retour sur les lieux de ses anciens exploits, Borisov prend conscience qu'il porte la responsabilité d'une déportation sournoise et brutale ayant jeté sur les routes des dizaines de milliers d'innocents. C'est pourquoi les salauds du Parti ont tenu à ce qu'il soit là, pour qu'il voie de ses propres yeux les souffrances infligées au peuple. Il connaît maintenant la raison de sa présence.

Pendant quelques jours encore, il dissimule son intention de se faire conduire à Mouïnak afin de retrouver la trace d'Elmira. La police secrète ne le lâche pas. Arkady Stépanovitch doit être informé de chacun de ses gestes.

Quand il parvient enfin à gagner la petite ville portuaire, il découvre qu'elle est encerclée par un double cordon de soldats d'élite. De la maison de l'anaxacal s'élèvent des cris.

— Allons, vite ! hurlent les soldats.

Sous la menace des pistolets, un adolescent du clan de Nabidjon est le dernier à être débusqué. Il monte, tête basse, menotté, dans un camion grillagé.

Leonid Borisov a pris la tête des évacuations à Mouïnak de manière à ne pas éveiller les soupçons. Il s'approche du gamin, fait mine de l'interroger sans ménagement dans le but de lui soutirer quelques renseignements sur les rebelles de sa famille. Puis il se rue dans la maison, sonde chaque pièce, chaque meuble avec fièvre. Dans la chambre d'Elmira, son cœur se brise. Aucune trace de sa présence. Tout en s'efforçant de ne pas croiser les yeux de ses subalternes, il se compose une tête sinistre d'agent de la police secrète. Mais son escorte le presse déjà de quitter Mouïnak. La ville a été ratissée, nul ne peut leur avoir échappé.

Leonid Borisov va remonter en voiture quand une fillette se fraie un passage jusqu'à lui. Tous les habitants reconnaissent la petite Gitane du marché qui vend des poésies licencieuses sous le manteau. Une enfant famélique, les cheveux filasse, les ongles crasseux.

— Attendez, vous oubliez quelqu'un ! crie-t-elle tandis que ses yeux s'allument d'une flambée de joie insolente.

— Ne la prenez pas au sérieux, ce n'est qu'une petite bohémienne ! rétorquent les matrones massées sur la place.

Pourtant Leonid ordonne qu'on suive la fillette.

— Là-dedans ! annonce-t-elle, survoltée, en désignant le puits.

L'ingénieur inspecte l'orifice. Une corde est aussitôt jetée. Une créature informe est remontée du trou, arrachée à la puanteur de caveau où elle a croupi, une chose horrible à voir. Des touffes de cheveux sombres pendent autour de son crâne. Une crasse hideuse recouvre un corps d'une maigreur cadavérique. Un courant d'air glacial accompagne l'exhumation.

L'ingénieur demeure planté là, pris de panique, incapable de réfléchir ou d'interpréter ce qu'il voit. Puis l'horreur lui voile les yeux.

Au moment où ses pieds touchent le sol, Elmira tente dans un sursaut de dignité de cacher son sexe en plaçant ses mains à la hauteur du pubis. Leonid sent le sang lui monter au visage et son cœur battre douloureusement ; par respect, il tente de s'attacher au regard de la jeune femme, essayant de se remémorer ce qu'elle a été. Mais les mots ont déserté sa bouche. Les yeux immenses d'Elmira ne portent plus la moindre trace de vie, ses joues et ses lobes d'oreille sont déchiquetés.

Il s'approche d'elle pour lui parler mais ses mots sont hachés par un sanglot.

Le regard de la créature rendue presque aveugle par les semaines passées au fond de la galerie se lève lentement vers Leonid Borisov. L'ingénieur demeure cloué sur place. Son visage se tient si près du sien qu'il peut se voir dans le miroir glacial de ses yeux mats.

— Est-ce bien toi ? murmure-t-il.

Il n'a jamais cessé d'aimer cette femme. Ses bras fendent l'air, comme pour s'abattre sur son propre visage. Comment ne pas devenir fou ?

Sur les lèvres de la revenante, il croit distinguer quelques mots en réponse à son accès de désespoir :

— Elmira est morte. Ne t'attarde pas ici.

À l'écart de l'attroupement qui s'est formé, les matrones tordent le cou pour apercevoir la métisse, incrédules à l'idée qu'elle soit encore vivante. Yulduz est rouge de honte et de frustration.

D'un geste de la main, Leonid Borisov fait reculer les soldats pour ménager un cercle autour de la survivante et imposer un bref moment d'intimité entre eux. Elmira qu'on a enroulée dans une couverture le fixe toujours, le regard éperdu. L'ingénieur se sent si ému qu'il ne prend pas conscience du mouvement de méfiance qui a gagné les soldats de son escorte – ils s'agitent dans son dos.

Après un bref sursaut de vie, Elmira s'est laissée glisser sur le sol et ne réagit plus aux sollicitations. Il n'y a plus le moindre espoir d'établir un contact direct avec elle. Elle a basculé du côté de la folie.

C'est lui, l'homme sans caractère, qui l'a abandonnée dans ce puits infect. L'angoisse l'empoigne, la terreur familière qui lui interdit d'être lui-même refait surface. Une entaille scinde son être en deux parties : l'une froide et calculatrice, l'autre écorchée. En cet instant, ses émotions lui pèsent comme une vilaine excroissance.

Leonid Borisov sursaute. Il a senti se planter dans sa nuque le regard empoisonné de suspicion d'Arkady Stépanovitch. Il se retourne aussitôt. Les prunelles de son adversaire luisent d'une cruauté décuplée par la surprise.

— Voilà les amants enfin réunis, glapit-il, flairant une affaire comme il s'en régale.

D'un ton fielleux, il interdit à Borisov d'entraver une enquête sur une affaire aussi grave que la découverte d'une rebelle dans une cachette.

— Saboteur ! Traître ! siffle-t-il aux oreilles de l'ingénieur.

Leonid Borisov pâlit de haine et s'enferme dans un silence méprisant.

Encadrée de soldats, menottes aux poignets, Elmira est portée dans un fourgon. Puis vers un lieu de détention tenu secret. Le jeune ingénieur ne trouve rien pour s'y opposer.

11

Une ombre disparaît par une large entaille de la coque d'un chalutier abandonné sur le sable. Nul n'a le temps d'apercevoir le visage raviné du chef de la rébellion. Une grosse lune luit péniblement. Deux bergers qui conduisent leurs troupeaux sous les étoiles ont à peine prêté attention au mouvement furtif dans l'obscurité, ils ne se doutent pas de l'événement considérable que sa capture représenterait aux yeux des policiers soviétiques. Une prime exorbitante est promise à quiconque livrera l'homme, mort ou vif. Les rumeurs de nouveaux soulèvements courent dans tout l'Ouzbékistan.

— Pas de lumière, ordonne l'ombre.

— C'est toi, Zafar ?

— Oui, frère.

Ceux qui l'attendent se gardent de l'assaillir de questions pour ne pas l'indisposer. L'intérieur de la coque pue l'urine, c'est une cavité aussi sonore qu'une citerne, propice aux échos. Mais les insurgés ont appris depuis longtemps à se mouvoir sans bruit dans l'espace réduit de leur planque. Pas de paroles inutiles ni de sifflements, encore moins d'effusions.

Depuis un hublot de l'épave, les hommes étudient les soubassements de l'immense barrage qui, à un jet de pierre, coupe le cours principal de l'Amou-Daria ; le fleuve géant est désormais réduit à un marécage, bordé par les sables humides et bruns des berges. La paroi sans aspérité de la construction est haute de cent mètres, large de trois kilomètres, et à son sommet veille nuit et jour une petite armée de sentinelles constamment sur le qui-vive. Pour prévenir tout acte de sabotage, les vigies recrutées parmi les soldats d'élite ont reçu l'ordre d'ouvrir le feu sans sommation au moindre déplacement suspect.

— Combien de gardes as-tu comptés là-haut ? murmure Akmal.

Les doigts des deux mains. Zafar, l'éveilleur de conscience, participe en personne aux dangereux repérages. Les Fils de la mer sont fiers d'avoir un chef qui sait mener sa troupe et qui fait bloc avec ses hommes. Les plans ressassés cent fois lui bouffent la cervelle. *Frapper comme la foudre. Attaquer par surprise.*

Il est 4 heures du matin. L'angoisse est si familière que Zafar la ressent à peine. Il mange et boit sans prononcer un mot. Il se tient toujours à l'écart des discussions politiques, menées à mi-voix, lesquelles ont remplacé les incantations magiques depuis la mort du chaman. La révolution reste une page blanche à écrire. La destruction des digues, la libération des fleuves, la création de coopératives où tous pêcheront en harmonie enflamment les esprits. Dans le pays libre qu'ils construiront, il n'y aura plus de supérieurs devant lesquels se prosterner.

Les yeux du chef brillent à nouveau. L'heure de la justice approche. Depuis quelque temps, il se sent le tempérament d'un joueur capable de tout miser sur un seul coup. Il voit le barrage se fissurer puis voler en éclats sous les assauts des eaux tourbillonnantes de l'Amou-Daria. La garnison soviétique, les tanks, les baraquements des ouvriers, les pelleteuses seront emportés dans un torrent purificateur.

Au lever du jour, Zafar annonce que le moment est venu, les membres du commando doivent se tenir prêts à passer à l'action la nuit suivante.

Un gamin à la tignasse noire comme de l'encre est le premier à lever la main pour se porter volontaire. Behruz ne sait rien afficher d'autre que l'air buté d'un petit gars de la campagne. Akmal montre autant d'excitation. Zafar balaie d'un regard incrédule le boiteux aux yeux protubérants. Le troisième à se désigner, Rustam, a un physique d'acrobate pansu. Un cube, aux grosses cuisses, aux épais biceps. Bondissant et bagarreur. La crème des jeunes combattants, ceux qui croient à la lutte, qui placent leur stratège au-dessus de tout. *L'exploit*, pense-t-il, *fera d'eux des héros et déclenchera l'insurrection générale*.

Aucun incident ne les retarde pendant les deux heures employées à se hisser sur le parapet, à déjouer la surveillance des sentinelles, à descendre au plus profond des entrailles du barrage. Longeant les couloirs, Zafar veille à éviter la lumière crue des néons. Une certaine beauté se dégage des longs couloirs rectilignes, des automatismes sophistiqués destinés à déclencher l'ouverture des portes, du discret ronronnement de la ventilation. L'ensemble ne manque pas d'évoquer les vaisseaux que l'Union soviétique promet d'envoyer bientôt dans l'espace. Zafar se glisse dans les étages intermédiaires, c'est là qu'il devra bloquer la patrouille des gardes pendant que ses hommes placeront les explosifs aux points définis dans les soubassements de l'édifice.

Tout se déroule idéalement, quand le chef est violemment plaqué au sol par un déplacement d'air. Une déflagration qui fait trembler jusqu'aux fondations du barrage. Les couloirs sont immédiatement plongés dans l'obscurité, puis un groupe électrogène prend sans doute le relais car, au bout de quelques secondes, l'éclairage se rétablit. Un signal d'alerte assourdissant, une longue note rauque, retentit. Pendant quelques instants de stupeur, Zafar est incapable de bouger et a du mal à ouvrir les yeux. Puis Behruz surgit, titubant, les cheveux roussis par le feu, couvert de sang, la main droite mutilée, l'avant-bras garrotté par sa ceinture. Il est au bord de l'évanouissement. Il a dû abandonner les corps de ses deux camarades en lambeaux, au milieu des décombres. Ils étaient novices dans l'art de placer la dynamite. L'explosion leur a arraché le ventre.

Avec le sang-froid qui le caractérise, Zafar ordonne à Behruz de profiter de la panique générale pour s'enfuir. Ils s'engouffrent dans l'escalier, le descendent quatre à quatre avant de traverser l'énorme cratère encore fumant qui a perforé le socle du barrage, trompant les gardes qui se sont massés sur le parapet. Ils foncent entre les ferrailles tordues, les carcasses des turbines et des générateurs, les débris de béton. La fumée et la poussière en suspension leur offrent un écran de protection. Les sentinelles vident leurs chargeurs sur les deux fugitifs, mais Zafar court avec la souplesse d'un fauve et le blessé s'agrippe à lui. Les deux survivants gardent malgré tout une longueur d'avance.

Ils passent par le chalutier puis par toutes leurs planques pour récupérer le gros de la troupe. Les rebelles se dispersent sans but, dans le chaos. Une armée de métier est lancée à leurs trousses, se préparant aux représailles.

La dernière poignée de combattants de la liberté est bientôt encerclée dans un fortin. Le siège a commencé depuis quatre jours, une éternité pour ceux qui n'ont plus rien à manger. Ils gardent en otage deux soldats russes, à peine plus jeunes qu'eux, presque des adolescents qui claquent des dents.

Zafar le moustachu trouve un poste d'observation à l'angle d'une fenêtre. Leurs ennemis sont maintenant à découvert. En signe de défi, une pièce d'artillerie a été placée au centre de l'immensité, en évidence. Zafar y pointe ses jumelles. Au bout d'un moment, il comprend que ce qu'il prenait pour un cache posé sur la gueule du canon est en réalité un torse d'homme aux bras arrachés, une dépouille qui lui paraît familière. Lorsqu'il peut viser la tête, il distingue la figure d'Akmal et recule. Les orbites des yeux ont été évidées, les lèvres arrangées en un abominable sourire.

Arkady Stépanovitch qui commande les troupes russes se tient un mètre ou deux en retrait, entre deux tankistes en bottes de cheval. Zafar le fixe à travers ses jumelles. Le Soviétique abaisse le bras pour donner l'ordre de faire feu. Les restes du corps arrimés à l'arme sont pulvérisés puis retombent en une fine pluie de gouttelettes de sang. Une odeur infâme de chair brûlée se répand dans l'air. Le chef rebelle détourne les yeux. Autour de lui, ses hommes assistent aussi au carnage. Les poignards sortent des ceinturons. Tous lui réclament la peau des otages.

— Laisse-nous les deux Russes !

Ils promettent de les décapiter. Leurs membres seront disposés aux quatre points cardinaux et leurs têtes exposées sur des piques à la vue des ennemis.

Zafar se dresse, redevenu maître de lui-même.

— C'est hors de question. Nous ne serons jamais aussi inhumains qu'eux !

Jusqu'au bout, ils s'en tiendront au code d'honneur des basmatchis. Même si la mort est entrée dans les gorges. Les rebelles veulent se battre, quitte à se faire tirer comme des lapins.

Tuer, se venger : il n'y a plus que ça qui compte. De nouveaux soldats, venus de garnisons plus lointaines, ont grossi les rangs de l'armée qui les encercle. Les Soviétiques font durer le plaisir. Les rebelles attendent. Les images de la profanation de la dépouille d'Akmal sont tatouées dans leurs rétines. Mourir en héros, en martyrs même. Leur légende sera racontée sur chaque place de village, murmurée dans le plus petit des aouls, elle permettra de recruter d'autres insurgés. Dans la nuit, le vrombissement des avions de reconnaissance distille la peur de mourir sous les bombes sans avoir eu le temps de montrer sa bravoure. Toujours cette logique de l'écrasement – les hommes ne pèsent rien. À l'aube, l'ennemi leur offre de se rendre sans combattre.

Zafar n'arrive plus à réfléchir. Ses doigts tremblent lorsqu'il allume une cigarette. Un bataillon de morveux jetés dans ces atrocités ! N'auraient-ils pas mieux fait de prendre la carte du Parti et de rentrer dans le rang ? Ils savaient ce qui les attendait en épousant la cause de la mer d'Aral, en passant dans la clandestinité. Aucun d'entre eux n'est fait pour subir un retour progressif à l'esclavage. Depuis que la mer leur a été prise, leurs vies se sont arrêtées. Les vagues qu'ils voient en imagination ressemblent à la liberté. Le cœur de Zafar bat à grands coups sourds et ne veut plus s'apaiser.

Ses camarades attendent le signal de l'attaque. La question n'est plus de savoir si leur chef a le droit de les envoyer à la mort mais de s'assurer qu'ils comprennent le sens de leur sacrifice.

Pendant l'assaut, ils courent si proches les uns des autres que leurs bras se touchent. Zafar sent les corps s'affaisser autour de lui mais il continue à avancer. Soudain un sentiment de plaisir les submerge. Ils en oublient les balles des mitraillettes qui perforent leur poitrine ; les rebelles, tous ces gosses qui courent autour de Zafar, sombrent avant de concevoir d'autres sentiments que la joie la plus pure.

12

Quand il sent le baiser de la steppe se lever, Leonid Borisov s'enferme dans sa chambre pour lutter contre les hallucinations. Les bourrasques sont bientôt si violentes qu'elles forcent les fenêtres pour s'engouffrer dans la pièce. Il perçoit un ricanement au milieu des tourbillons qui s'abattent sur son lit. Les tornades gonflent les draps et les couvertures comme les voiles d'un galion espagnol prêt à appareiller.

— Au diable ! Reculez, puissances des ténèbres ! hurle-t-il, les cheveux plaqués par le souffle.

L'ingénieur finit par perdre connaissance. Quand il revient à lui, il est escorté par quatre hippocampes géants, armés de longs sabres. Au moment où le jeune homme sort de son évanouissement, les animaux marins nagent à une telle profondeur que la lumière du jour filtre à peine à travers les eaux. Chaque fois qu'il lève la tête, la lueur verte de la surface s'éloigne encore. De curieuses formes de vie dépigmentées et ectoplasmiques le frôlent, souvent de toute petite taille, à l'exception notoire d'un cylindre de chair flasque, long comme un serpent de mer mais dépourvu d'yeux, de bouche, d'avant et d'arrière. La créature lui paraît inoffensive et solitaire.

Il n'éprouve pas le supplice d'un homme en train de se noyer. Au cœur de la nuit silencieuse, les dômes d'une ville engloutie étincellent maintenant devant lui. L'admirable cité, dont le plan répond à une géométrie parfaite, est partagée par de larges avenues. Les bâtiments officiels sont harmonieusement répartis et une grande place publique circulaire accueille les débats entre femmes et hommes lettrés, universitaires ou prêtres aux pensées les plus élevées, tout comme les derniers rhéteurs à la mode.

Leonid Borisov n'a jamais cru aux invraisemblables histoires platoniciennes qui mentionnaient l'existence de cette cité. Ni prêté l'oreille aux théories des géographes et des explorateurs qui, dès 1553, ont localisé la ville engloutie dans les parages de l'Amérique et, plus tard, dans le désert du Hoggar ou au pied de l'Atlas. De plus près, les bulbes des édifices présentent des similitudes frappantes avec ceux de la cathédrale Saint-Basile-le-Bienheureux de Moscou, et toutes les avenues ont quelque chose de la perspective Nevski de Leningrad, comme si l'on avait réalisé le rêve fou d'édifier au fond de la mer la capitale idéale de l'URSS – à moins qu'il ne s'agisse du continent perdu de Mu ou de la Lémurie.

En proie à la détresse, le jeune homme erre dans le labyrinthe de l'Atlantide inconnue. Sans qu'il parvienne à en déterminer la cause exacte, la question de l'attachement à sa mère recommence à hanter le rêve de Borisov. En vérité, il ne sait plus rien d'elle, ni du véritable lignage dont il est issu ; tout a été effacé par l'administration soviétique à son arrivée à l'institut où il a été façonné pour intégrer la nouvelle élite des « fils du peuple ». Il ne doit son ascension qu'à l'État, il a eu l'insigne honneur et la chance d'être libéré de toute la mascarade familiale, la plus dangereuse des attaches bourgeoises.

Il succombe soudain à une telle fièvre qu'il doit lutter longtemps contre le délire. Chaque fois qu'il croit reconnaître l'angle d'une rue ou la façade d'un immeuble qui pourrait appartenir à son passé oublié, il se sent dévoré par une inquiétante étrangeté ; la cité devient si effrayante, passé les premiers instants de contemplation extatique. La nuit des abysses le menace. Il veut prévenir les autres humains des dangers qui se cachent au fond des mers. Même pour ceux qui connaissent la douceur d'un foyer, la mort approche. Et pour la première fois, saisi par le chaos, il veut assouvir la haine qui sommeille en lui depuis toujours. La haine de l'humanité tout entière qui le ronge. Il voudrait voir les hommes disparaître jusqu'au dernier.

Depuis l'adolescence, il s'est résigné à se passer de femme. En contradiction avec l'adhésion fanatique à la doctrine du Parti qui veut que sentiment amoureux et attrait sexuel soient néfastes à l'ordre moral soviétique, ses blessures se rouvrent toujours. Les préceptes qu'il a chéris lui reviennent à l'esprit. Les grands psychiatres de Moscou eux-mêmes s'interrogent : ne vaut-il pas mieux réserver son énergie, sa libido à la lutte des classes ? Une nouvelle fois, il plonge dans la mélancolie. La grande pudeur dont s'est drapé l'héroïsme bolchevique n'est qu'une forme sophistiquée, à peine voilée, de la détestation de soi à laquelle il a succombé. Ne sera-t-il pas toujours un enfant abandonné ? Il pleure longuement en marchant sans but dans les avenues démesurées. Il se sent perdu dans la mégapole subaquatique.

C'est alors que surgit un curieux chambellan. Un requin bleu, portant redingote et chapeau haut de forme, l'avertit que la reine exige qu'on mette les étrangers sous les verrous. Ou qu'on lui amène, ce qui est pire encore, tout visiteur dont la volonté chancelle.

Grelottant de fièvre, Leonid Borisov est conduit sous escorte au palais de la reine des Atlantes. La tragi-comédie qui se joue sous ses yeux l'accapare. Son pouls filant, ses mains moites et son souffle court trahissent le fond de sa pensée : il est pris au piège.

La souveraine se tient, alanguie, sur un divan, éclairée par la lumière crue et irréelle propre aux rêves. La sirène dodue n'est plus dans sa première jeunesse mais d'une beauté bien conservée. Elle lui lance des regards provocants tout en le détaillant avec commisération. Leonid Borisov se demande comment se libérer de cette situation absurde. Il se souvient des comptes rendus scientifiques interminables à propos d'une ville supposément engloutie. Les plus brillants savants en ont débattu avec passion au fil des siècles : a-t-elle été submergée par un cataclysme naturel ? Les dieux se sont-ils vengés de la débauche de ses habitants ? Cette cité déchue a été autrefois la plus avancée de toutes, son organisation politique reposait sur les principes de la physique, sa supériorité sur les autres nations évoluées s'expliquait par la possession d'une mystérieuse source d'énergie. Mais cette cité, mère de toutes les cités, fut, dit-on, noyée en une journée.

La reine s'approche de Leonid, les mâchoires presque déboîtées par un sourire moqueur. Soudain, elle tend la main et, au moment où elle effleure son corps, elle sait tout de sa peur du plaisir physique, aussi ridicule et contre nature à ses yeux de déesse que le pourrissement d'un beau fruit gâté précocement par le gel. Deux étoiles de mer coiffent ses tétons. On dirait quelque artiste de la scène burlesque. La peau de la reine des Atlantes paraît visqueuse. Leonid tente de s'y dérober, mais rien ne peut échapper à la souveraine, elle le tient sous sa coupe. Il en est tout ahuri et pantelant. Il lui faut se libérer au plus vite.

— Je vous en supplie, laissez-moi partir !

Avec une agilité insoupçonnée, la reine se déplace dans l'obscurité, lui fait tourner la tête jusqu'à vaincre ses dernières défenses. Il se sent écartelé entre l'envie de fuir et l'espoir de se libérer du chagrin qui voyage en lui telle une onde chaude. Sa folie mérite la mort, l'allégresse charnelle vaut cent fois toutes les gloires du monde.

La reine le laisse s'enfoncer toujours plus loin dans la douleur jusqu'à atteindre la dernière extrémité. Brisé, le jeune ingénieur explose en pleurs enfantins. Il finit par tomber à genoux, prêt à recevoir le coup fatal. Pourtant, en guise de trépas, elle lui offre un infini soulagement. Il sent que la bile noire et sa part d'ombre qui n'ont cessé de brouiller ses humeurs le quittent enfin.

13

Vingt jours après leur échouage, autant dire un siècle dans leur état, la plupart des rescapés du *Kirov-28* n'ont toujours pas choisi la direction dans laquelle se lancer à pied. Certains agonisent à l'ombre de la coque du sous-marin, affalés dans un fouillis de bâches et de matériel débarqués dans l'euphorie des premiers instants. D'autres tentent de mener un semblant de vie à bord. Certains compartiments du vaisseau ont été abandonnés à cause des essaims de mouches noires vibrionnantes et de l'infâme puanteur des cadavres. La fièvre des marais, c'est tout du moins le nom qu'ils lui donnent, s'est propagée à la plupart des hommes. Des maladies inconnues leur rongent les tripes. L'officier mécanicien fixe le vide avec une lueur terrifiante au fond des orbites.

Du châtiment divin aux conséquences d'une explosion atomique planétaire, toutes les hypothèses ont été émises à propos du naufrage et plus personne n'a la force de chercher encore. Mais le commandant Oblamov, bien qu'épuisé, lutte pour maintenir le prestige de son grade. Au début, ses hommes l'assaillaient de questions. L'une d'elles revenait sans arrêt : « La mer réapparaîtra-t-elle ? – Comment le saurais-je ? » se bornait-il à répondre. Puis tout dialogue avait cessé, laissant place à une apathie générale.

Le commandant n'inspire plus ni crainte ni respect ; à l'égal des autres naufragés, il ignore la conduite à tenir. Les poches pleines de munitions, dormant avec la seule arme en état de marche récupérée dans le naufrage, un pistolet-mitrailleur qu'il garde serré contre lui, il veille sur les rations de nourriture et ne communique à personne l'état des stocks. Rien ne l'empêchera de tuer le premier voleur qu'il surprendra, ou qui bon lui semblera.

Ses états de service l'ont préparé à une fin pleine de bravoure. Mais le capitaine ne peut imaginer un décor plus insolite pour son sacrifice ultime. La situation exige aussi un commandement hors norme. Oblamov n'hésitera pas à tenir en respect cet équipage de blancs-becs, même s'il doit en abattre un membre sans autre raison que d'asseoir son autorité. Quelle énorme farce lui joue le Créateur ! Il a consacré sa vie à la mer, où se révèlent les hommes de caractère. Mais sans doute se sentirait-il mieux s'il prenait conscience de son état, proche de la démence.

Le commandant se prépare à mourir dans un désert lunaire, ignoré de toutes les cartes et absent de tous les récits, avec pour seul relief un cratère infernal qui ne mérite certainement pas le nom fascinant de fond marin. Lui, le diplômé de l'Académie de guerre de la Marine, décoré de l'ordre du Drapeau rouge, le héros de Mourmansk, attaché à la flotte du Nord, qui a accompagné tant de convois maritimes sous les bombes, le voilà incapable de rien comprendre à sa situation, si ce n'est qu'il se tient à la tête d'une bande de marins débraillés. Lui qui s'est toujours attaché à croire au mérite acquis grâce aux actes de bravoure, le voilà totalement impuissant, inutile et humilié.

Sans doute s'épuise-t-il à chercher un sens à cette énigme. Qu'a-t-il fait pour mériter un si lent supplice ? Les derniers naufragés rôdent autour de lui, les yeux brillants de faim. À peine ont-ils avalé la portion congrue distribuée par le commandant que les hommes sont de nouveau affamés. Ils mastiquent des boulettes d'algues roulées au creux de la main.

Le dernier espoir de l'équipage réside dans les cinq hommes qui ont quitté l'épave dix jours plus tôt pour se lancer vers le sud, en quête de secours. Le commandant en a profité pour se débarrasser des fauteurs de troubles. Son choix s'est porté sur les sous-mariniers qui paraissaient s'entendre dans un air de conspiration et qui tuaient le temps en intriguant contre lui. Les éclaireurs sont partis à l'assaut du désert, convaincus d'atteindre les habitants des côtes, leurs frères soviétiques.

Le commandant Oblamov s'apprête à évaluer l'état de santé des rescapés qui l'entourent quand trois traits noirs frangent l'horizon. Il dégaine aussitôt ses jumelles. Le temps que les éclaireurs rejoignent l'épave du *Kirov-28*, les rescapés se teintent d'un peu d'optimisme.

Les gaillards semblent revenir d'un long rêve agité. Ils rentrent des rivages de l'inconnu. Dans un silence impressionnant, ils entreprennent le récit de leur marche. Oblamov et les derniers marins encore sensés lisent l'effroi sur leurs visages. Ils ont marché deux jours sans une goutte d'eau. De leurs gorges obstruées par la poussière, il ne sort plus que des voix bizarrement étranglées et enfantines, qui sembleraient ridicules en d'autres circonstances.

D'après eux, le reste de la mer d'Aral est à l'image de la cuvette où gît leur vaisseau. Partout la même absence de repères. La même terre craquelée devenue stérile. Après avoir traversé le fond infini et décourageant d'une sorte de lac salé, ils avaient abordé d'anciennes rives équipées de pontons mais désertées par les pêcheurs. Découvrant des baraquements sur la hauteur de la colline voisine, ils avaient appelé à grands cris, mais personne n'était venu à leur rencontre. Les murs d'enceinte et les barbelés laissaient penser que l'ensemble avait été protégé et utilisé à des fins militaires ou scientifiques. Ils avaient avancé avec méfiance sur ce qui avait été un îlot à l'abri de toute indiscrétion. Ils s'étaient glissés dans un laboratoire à l'abandon, sans y trouver le matériel susceptible d'apporter une quelconque amélioration à leur condition de naufragés. L'affectation exacte de ce complexe restait toujours aussi peu claire. Ils avaient poussé la porte de ce qui leur était apparu comme une salle d'opération pour y découvrir, effarés, un grand singe la gueule béante, sanglé sur une table d'examen, en train d'agoniser dans un état de rage indescriptible. Les longs tuyaux transparents s'échappant de ses membres supérieurs avaient dû être reliés à des perfusions. Les sous-mariniers avaient échangé des regards épouvantés. La cruauté des hommes était inimaginable. Ils avaient refermé la porte avec mauvaise conscience, aucun d'eux n'ayant trouvé le courage d'abréger les souffrances de la pauvre bête.

Ils s'accordent à dire qu'ils avaient ensuite été victimes d'hallucinations collectives, liées à la faim. « Les vivres ! Fouillons partout ! » s'était exclamé le plus vigoureux dans un sursaut de lucidité.

Ils s'interrompent dans leur récit parce qu'ils ne veulent pas accabler ceux qui sont restés à les attendre autour de l'épave et qui doivent aussi lutter contre la désespérance. Quel réconfort le récit de ces péripéties peut-il bien leur apporter ? Mais on insiste pour qu'ils terminent leur histoire.

En traversant la cour, ils avaient entendu des braillements odieux, sans hostilité toutefois, en provenance d'un bâtiment à l'écart. Dans l'écurie, une odeur infâme les avait aussitôt saisis à la gorge ; leurs yeux en s'habituant à l'obscurité avaient distingué les formes sombres de ce qu'ils avaient d'abord pris pour des prisonniers. « Vous les voyez ? » s'était enquis l'un des hommes : une armée de primates, regroupés par familles, à en juger par les écarts de taille et de corpulence, et alignés le long du mur sur une litière puante. Des babouins, des chimpanzés, des gorilles, arrachés aux jungles sauvages de l'Afrique. La plupart étaient ravagés de tics, certains dansaient d'un pied sur l'autre comme sur des charbons ardents, d'autres encore s'étaient grattés jusqu'au sang. Tous poussaient des hurlements à fendre le cœur, tous étaient entravés par des chaînes et cerceaux de fer au milieu de leurs excréments. Une partie des cobayes avaient la tête rasée et des électrodes soudées à leur boîte crânienne.

Dans le même temps, l'autre équipe traversait les bureaux en pagaille, visiblement abandonnés dans la panique. On avait voulu détruire certains documents confidentiels en les déchirant grossièrement et même en démarrant de petits feux dans les poubelles, mais sans grand succès, car une marée de papiers recouvrait encore le plancher. Ils avaient lu au hasard. La découverte des mots « anthrax », « peste » ou « typhoïde » leur avait paru une affreuse confirmation de leurs soupçons.

Ils avaient alors rejoint leurs compagnons d'infortune dans la zone réservée aux singes. En ouvrant les portes et les bat-flanc de leur prison, les marins avaient laissé la lumière du jour les éclairer crûment. Les animaux affamés les avaient fixés d'un regard implorant. Les sous-mariniers s'étaient soudain sentis investis d'une forme de responsabilité envers ces malheureux animaux. Ils avaient eu envie d'accomplir un acte de bonté, donner une partie de leur réserve d'eau aux singes par exemple, faire quelque chose qui rétablirait leur dignité. Un extrême désarroi les avait assaillis. Fallait-il se lancer dans une opération aussi hasardeuse ? Les cobayes libérés ne risqueraient-ils pas de se venger sur eux ? Les voix humaines terrifiaient les singes. Les sous-mariniers leur avaient doucement jeté des épluchures qui traînaient par terre pour les mettre en confiance. Les primates les avaient contemplés avec chagrin ; et quand les marins avaient réussi à briser les cadenas, les singes s'étaient rués à l'extérieur, s'enfuyant dans le désordre, sans gratifier leurs sauveurs d'un seul regard. Les hommes avaient vu avec une vive satisfaction les grands singes, sans doute fiévreux et infectés par les pires virus, s'égailler dans l'immensité.

Le commandant Oblamov a écouté ses hommes sans les interrompre une seule fois. Eux s'attendent à ce qu'il les blâme d'avoir possiblement répandu une épidémie au fond de la mer. Curieusement, il n'en est rien.

14

En périphérie de la mer, la cité d'Aralsk n'a pas été évacuée. Une nuit de tempête, les habitants aperçoivent, avec une incrédulité croissante, des points lumineux qui percent les brumes. Trois brefs éclairs puis, au bout de douze secondes, un signal long. Les lumières intermittentes à l'horizon alimentent déjà les rumeurs dans la petite ville. Depuis la disparition de la mer d'Aral, le phare de Barsa-Kelmes n'a plus aucune raison de remplir sa fonction. Les Ouzbeks le rallient désormais à pied en empruntant une piste poudreuse, sans imaginer que l'édifice familier, surnommé entre eux « l'aiguille de pierre », a été transformé sous les ordres d'Arkady Stépanovitch en une prison secrète. Ils ignorent tout autant que l'énorme lentille qui vient d'être rallumée participe au dispositif d'une torture mentale mise au point par les cerveaux vicieux du MGB.

L'unique captive a été placée dans un cachot sans barreaux : une cage vitrée décrivant un cercle parfait autour de la lumière aveuglante, située au plus haut du phare. Elmira s'est enfoncée depuis longtemps dans un monde de solitude et de silence. Son profil décharné se découpe sur les parois de la bulle de verre. Rien ne justifie un tel régime de détention. La prisonnière, genoux ramassés contre la poitrine, est enchaînée à un lit de fer dont les pieds sont scellés aux dalles du sol. Quand elle bouge, ses fers produisent un tintement lourd. Pas le moindre de ses mouvements ne peut échapper à l'oreille des gardiens. Des fourmillements se font sentir dans ses mollets jusqu'à ses pieds engourdis.

À chaque rotation, la violente lumière du phare, décuplée par l'énorme prisme de verre, balaie entièrement sa cellule, privant Elmira du moindre repos. Ses gardiens accomplissent leur tâche sans croiser le regard de la captive, ignorant ce qu'elle doit avouer ou la nature de son crime. En vérité, la concernant, il n'a jamais été question d'enquête, d'interrogatoire, encore moins de preuve. Le supplice n'a pas d'autre but que d'accélérer sa plongée dans une démence irréversible, afin de la transférer dans un des nouveaux hôpitaux psychiatriques de la police secrète. Un changement de doctrine a mis fin aux colonies pénitentiaires. Il vaut bien mieux diagnostiquer la folie chez tout dissident.

Elmira déteste le poids froid des fers, leur marque sur ses poignets, les chaînes qui la privent de tout mouvement. L'anxiété lui vrille la colonne vertébrale. La nécessité de duper ses geôliers est si forte qu'elle parvient chaque jour à dissimuler son lent retour à la vie. La capacité de guérir de son corps ne l'étonne plus. Sans doute serait-elle morte sans cette redoutable volonté qui la porte chaque fois que son regard se tourne vers le ciel. Un ultime orgueil la maintient en vie. Sa ruse endort la vigilance des gardiens. Une protestation passionnée traverse parfois ses yeux mais elle parvient à la contenir en leur présence. Si elle ne redoutait pas d'être démasquée, elle réclamerait le droit de lire, un recueil de poésie lui suffirait. Mais elle joue l'indigène aliénée et stupide. Elle renonce à parler russe pour ne pas ridiculiser les soldats qui la surveillent, de jeunes paysans incultes s'exprimant dans la langue la plus pauvre.

Quand, au bout de quelques semaines, il est établi par les médecins que son état d'hébétude est définitif, ses conditions de détention sont assouplies. Les anneaux qui blessent ses poignets et ses chevilles lui sont retirés, elle peut faire quelques pas autour de la lanterne. Un médecin soigne même ses plaies douloureuses. Elle paraît bientôt aussi inoffensive qu'invisible.

Un jour, le claquement des serrures l'avertit d'une visite inattendue. En grand uniforme, Leonid Borisov s'avance sur la plate-forme de la lentille. Il s'est prévalu auprès des gardiens du titre de commandant en chef de l'opération Grande Soif pour franchir les différents barrages. Il a bien été question un moment de le relever de ses fonctions et de le traduire en justice, mais il a convaincu Arkady Stépanovitch qu'en interrogeant personnellement la prisonnière, il lui soutirerait des informations primordiales au sujet des derniers rebelles. Il a été convenu qu'il aurait accès à sa cellule autant qu'il le souhaiterait pour les besoins de son enquête.

À sa vue, Elmira se drape dans une couverture miteuse pour paraître décente. Il n'a pas changé, à l'exception de son visage aux traits plus creusés ; il lui semble toujours aussi menu, presque enfantin. De son côté, l'ingénieur est touché par la forme la plus secrète de l'affection.

— Laisse-moi te parler une minute, dit-il, préparé à affronter son indifférence.

Le modeste écho que provoquent ses paroles échappe aux gardiens. Elmira lui lance un regard comme un coup de poignard. Il craint que l'émotion de sa voix ne le trahisse.

— J'ai commis une faute odieuse, je veux me repentir, continue-t-il. Tu ne méritais pas d'être abandonnée, ni de subir les ignobles représailles de ces vieilles femmes.

Des larmes gonflent les yeux du jeune ingénieur. Elle choisit de garder le silence.

Leonid Borisov se prend à regretter qu'elle ne croie ni au diable, ni au Mal. Il voudrait la convaincre qu'une force s'est emparée de lui et l'a amené à détruire ce qu'il a de plus cher.

— Je devais rester seul, sans m'attacher à personne pour me concentrer sur ma mission. Mais c'était une terrible erreur.

Quoi qu'il tente pour l'émouvoir, il est face à un mur.

— Je ne te laisserai plus. Je veux me racheter, fais-moi confiance, je vais te sortir d'ici.

Frémissante de colère et de mépris, Elmira reste muette. Leonid Borisov, qui ne s'attendait pas à autre chose, disparaît sur cette promesse.

En entendant le bruit sec des verrous, elle est saisie d'un immense découragement. Elle ne parvient toujours pas à haïr Leonid comme il le mérite.

Les jours suivants, elle est submergée par le sentiment effrayant de s'enfoncer dans le néant. Tout le reste, l'éclat aveuglant de la lentille, la soupe infecte, les humiliations des gardiens, se dissout dans cette béance. Elle se déteste. La vitesse vertigineuse, la facilité avec laquelle l'amour efface les souffrances du passé et même le goût terreux de la mort reste un mystère pour elle. Ce n'est pas le besoin d'être protégée mais un sentiment plus obscur qui la guide.

Leonid revient la voir, de plus en plus souvent, répétant à quel point il regrette, à quel point il veut la sortir de là.

S'ensuivent d'innombrables tentatives de renouer le dialogue auxquelles elle ne répond pas davantage. Mais lorsqu'il apparaît sur la plate-forme, l'ingénieur capte toute la lumière.

Au fil des semaines, Elmira se tient de moins en moins en retrait, tout en affichant un profond scepticisme face à ses promesses. Rien ne décourage l'ingénieur et son accent de sincérité finit par ébranler les réticences de la prisonnière.

— J'ai subi une longue épreuve, murmure-t-elle un jour. Il est impossible que ma vie reprenne comme avant.

Ils franchissent malgré tout plusieurs étapes, se glissent dans une relation renouvelée. L'obstination de Leonid la touche au cœur. Au moindre bruit qu'elle entend dans l'escalier, Elmira bondit de sa paillasse. Au bout d'un mois, elle commence à alimenter les projets d'évasion conçus par Leonid. L'ingénieur, désireux de rattraper le temps perdu, veut prendre tous les risques, s'exposer personnellement. Il agira sans complice.

Un jour, comme il fait semblant de mener l'interrogatoire, elle accepte que leurs doigts se mêlent furtivement. Elle n'a plus rien à perdre. Il lui parle d'une voix apaisante et affectueuse ; ils sont allés trop loin dans les chimères pour faire machine arrière. S'ils échouent, leur chute sera commune. S'ils réussissent... Ils se taisent soudain face à cette éventualité. La promesse de liberté aspire tout l'air qui flotte autour d'eux. Ils s'imaginent loin de l'URSS.

Elle lui dit, plongeant les yeux dans les siens :

— Je veux m'échapper avec toi sur le fond de la mer, c'est là qu'ont eu lieu les événements les plus heureux de ma vie. L'Aral reviendra. Aucune terre n'est jamais damnée éternellement. Il ne faut pas perdre espoir.

Le porte-clefs vient de finir sa tournée. Elmira n'a pas bougé de sa paillasse. Depuis des jours, elle creuse un sillon autour d'un des grands panneaux de verre du phare, gratte le plâtre et s'assure qu'elle pourra faire basculer la vitre au moment opportun. Leonid Borisov, lui, se glissera, à mi-étage, dans le petit placard électrique pour couper les gros câbles qui alimentent la lanterne du phare. Quand elle se trouve dans le noir absolu, Elmira comprend, non sans angoisse, que le moment de l'évasion est arrivé.

Leonid a prévu le pire, notamment qu'il ne parvienne pas à neutraliser les gardiens qui se précipiteront vers la plate-forme. L'ingénieur les attend. Des frissons lui passent à travers le corps. Il se prépare en se plaçant au débouché de l'escalier à les assommer d'un coup de matraque, un à un, au moment où ils pénétreront dans la cellule.

En dernière extrémité, il peut compter sur une petite fiole de vitriol cousue dans la doublure de son long pardessus, ainsi que sur un poignard à la lame recourbée. Mais l'idée de défigurer un homme ou de lui trancher la gorge lui soulève le cœur. Il se prépare à bondir en apercevant la première tête qui surgira, quand un bruit inconnu accélère encore les battements de son cœur. Il marque une pause pour retrouver ses esprits.

Au moment de l'extinction du phare, un mécanisme, dont ils ignoraient tout, a été activé. Ils devinent dans la pénombre qu'un volet d'acier descend lentement pour les enfermer dans la cellule, mais le mécanisme se bloque à mi-hauteur. En se penchant au balcon qui entoure la lentille, Leonid et Elmira voient les trois gardiens déployés en arc de cercle au pied du phare pour couvrir tous les angles de vue avec leurs lampes torches. Les soldats ont reçu l'ordre de faire feu sur tout ce qui bouge, le temps qu'un renfort vienne leur porter main-forte.

Soudain, Leonid tend le poignard à Elmira, qui comprend aussitôt l'idée qui a germé dans son esprit. Ils paraissent tous deux sur le rebord de la plate-forme, à l'aplomb du vide.

— Au secours ! Au secours ! La prisonnière m'a pris en otage ! s'écrie Leonid d'une voix forte.

Les gardes découvrent à la lueur de la lune la lame du poignard placée sur sa gorge.

Les sentinelles tombent dans le piège et se précipitent dans l'escalier pour libérer le commandant. Tandis que leurs pas se font entendre, Elmira jette une échelle de corde qui se déroule sur toute la hauteur du phare. Elle se lance presque aussitôt dans la vertigineuse descente.

Le premier soldat qui pointe le nez reçoit un coup de pied si vigoureux au visage qu'il bascule dans l'escalier, entraînant les deux autres comme au jeu de quilles. Puis, Leonid descelle la vitre et la jette sur les soldats. Dans un bruit épouvantable, une pluie d'éclats de verre recouvre les marches. L'ingénieur prend le temps de vérifier que les trois gardes sont hors d'état de nuire. Leurs gémissements ne tardent pas à s'élever.

Il se laisse à son tour glisser le long de l'échelle de corde, les paumes de main brûlées par le passage des nœuds. Quand il rejoint Elmira, ils se tapissent au sol, la respiration retenue, puis se fondent dans les buissons épineux de la steppe. Les camions transportant les renforts passent en trombe près d'eux sans les repérer.

Les deux fugitifs s'élancent dans l'obscurité. La lune d'or leur paraît une douce alliée. Ils guettent les bruits, mais rien ne vient les menacer de toute la nuit.

Le lever du jour les aveugle. Depuis qu'il ne surgit plus de la mer, le soleil a sur l'horizon une ardeur décuplée. La boule de feu n'a jamais paru si brûlante. Pour la première fois depuis très longtemps, ils savourent la sensation d'être en vie. Ils tombent même dans une sorte de rêve éveillé. La force dont rayonne Elmira est pure et sans crainte.

15

La mauvaise fièvre qui a fini par gagner le « remarquable » commandant Oblamov s'est aggravée. Quand le dernier homme d'équipage meurt de dysenterie, il dégringole au plus bas de l'échelle des êtres humains. Dans sa solitude extrême, il délire, discute le bien-fondé de chaque chose. Il est obsédé par l'idée d'être la dernière présence humaine sur la Terre. D'autres hommes sont-ils encore à la recherche de l'épave du *Kirov-28* ? se demande-t-il sans y croire. Qu'est-il advenu du reste du monde ?

Malgré ses doutes, sa réputation de marin lui importe toujours plus que tout. L'humiliation suprême tient au fait que son sous-marin, fleuron de la flotte soviétique, ait pu être craché comme un vulgaire pépin de raisin par les puissances infernales. Est-ce le résultat du sombre orgueil qui l'a guidé tout au long de sa vie ? Un brusque élan de colère contre lui-même gonfle sa poitrine. En rêve, il est transporté jusqu'au commencement du monde. Et il éprouve un intense soulagement à l'idée de retomber à l'état primitif.

Sans qu'il sache pourquoi, l'histoire des singes échappés de la ferme expérimentale se met à le préoccuper, puis à le hanter. La bande de primates qu'on lui a dépeinte le fascine autant qu'elle l'épouvante. Il craint d'être attaqué par les bêtes contaminées ; il se les figure, les yeux injectés de sang, à la recherche de proies humaines pour satisfaire leur soif de vengeance. Quoi qu'il arrive, il fera allégeance à celui qui règne sur la bande.

Au milieu des tremblements et des claquements de dents, le commandant se figure parfois en train de se promener dans les rues de Moscou ou de Leningrad. Il en veut aux chefs soviétiques d'avoir fomenté toutes sortes de plans absurdes pour transformer le monde. Il se moque de leur vanité ridicule. Les vérités supérieures leur échappent. Rien ne peut rivaliser avec la morsure du soleil écrasant, la sournoiserie de la maladie et les affres de la faim, le lent supplice de l'attente et de l'ignorance infligé au naufragé du fond de la mer. Une vérité nue que les hommes de pouvoir refusent de regarder en face. Ils n'ont ni l'humilité, ni l'intelligence de considérer la vulnérabilité des humains. S'il meurt en héros, lui aura été initié à la connaissance suprême.

Le commandant a trop souffert pour ne pas devenir prisonnier d'obsessions bizarres. Il inspecte l'horizon avec ses jumelles dans l'attente du raid des singes ennemis mais il ne peut voir que l'avancement des dunes, le désert poussé par le vent.

Un matin, sans qu'il sache si c'est un nouvel accès de fièvre ou la réalité, il voit les primates encercler l'arche du *Kirov-28*. Un énorme gorille au pelage noir et luisant a pris la tête de la bande et le fixe de ses yeux impitoyables. Il harangue les autres singes, s'exprime en longues phrases, dans un langage parfaitement articulé mais comme déformé par un songe. En dépit de son apparence, de sa brusquerie, le gorille se pose en interlocuteur possible pour le commandant.

Croyant se tenir face aux agents du MGB, venus l'arrêter sous les traits des animaux, Oblamov tombe à genoux pour demander pardon.

— Tuez-moi ! Tuez-moi ! J'ai failli à mon devoir ! J'ai cessé d'admirer Staline depuis que j'endure ce naufrage, s'écrie-t-il, les bras ouverts en croix.

Une petite guenon s'avance en se dandinant et le gifle violemment.

— Me voici bien purifié de mes idées tordues, lance-t-il.

Le gorille émet un grognement circonspect en signe de désapprobation. Le commandant se redresse alors comme un pantin survolté.

— Au fond, je n'ai aucune envie de me prosterner devant un tribunal de primates. J'abjure, j'abhorre, je vomis Staline ! Son idéal n'a pas construit un homme nouveau mais a vu l'avènement d'un homme artificiel, coupé de la nature. Il a échoué à calmer l'avidité autant que les capitalistes, il reste habité par un appétit sans limite. Il a tué la mer, laissant à la place une cuvette lisse, gluante et glauque. Montagnes arasées, glaciers fondus, forêts incendiées, la terre entière devient invivable par l'action des hommes. La mer vide, le grand miroir de notre désespoir, n'a plus rien de l'espace infini que chérissaient les navigateurs. Et si vous osez venir m'arrêter en me jouant une farce ignoble, moi un petit commandant insignifiant à l'échelle de l'univers, vous n'êtes que de fieffés minables.

Le gorille se cure la narine en écoutant l'obscur discours du commandant, ce qui déclenche l'hilarité de ses comparses. Indifférent aux moqueries, Oblamov poursuit :

— Nous imaginons la fin du genre humain dans une apocalypse déchaînée. Serons-nous toujours la proie de notre orgueil de Lilliputiens ? Notre fin se déroulera sans panache, à petit feu, dans un calme mortel comparable à celui qui règne au fond de la mer vide. Nous périrons lentement en grillant, impuissants face aux visions effrayantes.

Aussitôt, Oblamov croit sentir une grosse larme s'écraser contre sa joue. Puis son visage tout entier dégouline de flotte. Ses narines, ses oreilles, ses yeux s'emplissent de pleurs. Le ciel vient de tourner en eau, qui s'abat sur la coque d'acier du sous-marin dans un bruit de mitraille. La pluie torrentielle, comme il n'en est pas tombé depuis des semaines, le rince de sa folie. Il est vite trempé jusqu'aux os. La menace de la fournaise ardente s'éloigne d'un coup. L'air vibre, la tension s'est interrompue et une extraordinaire clairvoyance l'anime. Il remarque alors un convoi militaire qui approche. Sous les nuages étirés, cinq ou six camions viennent à sa rencontre.

Le front d'Oblamov se déride : il reste l'égal des meilleurs commandants de la marine soviétique, un gradé connu pour sa prestance, qui bientôt sera rendu à la civilisation.

16

Luttant contre les rafales, les deux fugitifs traversent la steppe au prix de mille efforts, contre la soif et l'épuisement. Au loin, le ciel touche la terre. Une promesse abstraite, dépouillée, réduite à une épure. Ils n'entendent plus que le grondement du vent et les battements de leur cœur. Combien de kilomètres ont-ils parcourus depuis l'évasion du phare de Barsa-Kelmes ? La notion de distance n'a plus aucun sens sur une immensité pareille. Ils ont franchi depuis longtemps les barrières mentales au-delà desquelles on ne peut plus revenir en arrière. Ni l'un ni l'autre ne trouveront plus jamais leur place dans l'URSS qu'ils laissent derrière eux.

Le neuvième jour, un troupeau de saïgas se fige devant eux, les trompes molles soufflant au ras du sol. Des yeux brillants et timides se lèvent sur les deux jeunes gens. Les bêtes sont sans doute immobiles depuis un certain temps, leurs pelages blonds se fondent dans les herbes sèches. Les antilopes aux longs cils les toisent, comme surprises au beau milieu d'une cérémonie dont le sens échappe aux humains. Quand Elmira et Leonid s'approchent, elles tressaillent légèrement, puis d'un coup elles détalent, croupes en l'air, dans une bousculade bondissante.

Enfin, ils parviennent dans une anse dont la mer a été bannie. Ils voient une étendue d'infinie marée basse, de cuir craquelé, tellement imbibée de sel qu'elle en scintille. La petite baie porte toujours le deuil, elle pleure les flots, craint la lumière. Ailleurs s'étale une vase criblée de milliers de microscopiques galeries dans lesquelles d'invisibles organismes à l'agonie doivent pousser leurs derniers soupirs. L'Aral torturée a laissé derrière elle une plaie à vif. Le vent sculpte avec constance le fond de l'anse, déplace ses dunes comme les pièces géantes d'un jeu d'échecs pour engloutir les récifs coralliens. Les dernières traces de vie subaquatique s'effacent. La plage fuit à l'horizon.

La marche a plongé Leonid Borisov dans un frénétique désir de vivre. La peur de l'abandon, la misanthropie, le sentiment d'enfermement, les vieux démons, il veut les laisser derrière lui. Plus jeune, il a rêvé d'embarquer, de mener des expéditions sur tous les océans du monde. Pour se fuir lui-même. Et ces chimères, il les piétine maintenant. Sa mémoire s'érode à chaque pas. La légèreté avec laquelle ils se sont élancés les étonne. Vont-ils découvrir une terre promise ?

Ce n'est qu'un passage. Il vaut mieux ne pas s'arrêter en chemin ni ralentir pour ne rien perdre de cet état de grâce.

— Qu'importe maintenant s'ils nous fusillent, s'exclame-t-il.

— Tu divagues ? répond Elmira.

— Quelle autre façon de traverser le fond de la mer ?

Ils ne pourraient pas dire avec certitude à quel moment ils sortent de l'empreinte de l'Aral. Le contour ne se distingue pas facilement de la réalité. Ils franchissent encore des dizaines de kilomètres, se ravitaillent auprès d'éleveurs nomades croisés au hasard. Ils creusent parfois dans le sol pour atteindre l'eau et se rafraîchir.

La fuite stimule le cœur d'Elmira, qui s'adapte aux exigences du voyage. Elle a noué sa longue chevelure en tresses serrées comme si tout son être devait s'imprégner de sa détermination.

— Quelle force au monde pourrait détruire la mémoire d'une petite mer que les hommes chérissaient ? s'écrie-t-elle. Les images resteront toujours.

Une fois encore, les vers du poète de Nichâpour s'échappent d'entre ses lèvres comme l'onguent le plus doux pour leurs cœurs écorchés :

> *Même si tu parvenais à rendre prospère la terre entière,*
> *Ton geste ne vaudrait point celui de rendre heureux un seul cœur.*
> *Mieux vaut rendre esclave un autre libre par bonté*
> *Que de donner à mille esclaves la liberté.*

— Crois-tu que ce paysage va rester inhabité à jamais ? lui demande Leonid quand elle se tait. Quelle sera notre place alors ?

— La mer d'Aral a jailli du néant, il y a plusieurs siècles. Elle demeure toujours une énigme pour les savants. Il faut l'autoriser à conserver ses mystères. Moi, je crois à la théorie de la génération spontanée. Aux origines, la petite mer a surgi de nulle part au milieu du désert. Et cela peut tout à fait recommencer. L'intervention des hommes l'a vidée, ce n'est peut-être qu'un épisode dérisoire au regard de son existence millénaire. Une forme de vie demeure toujours dans ce qui paraît mort.

— C'est effrayant.

— Tout au contraire. Il n'y a rien de plus magnifique. On peut se réjouir de constater que la connaissance a ses limites. En tant qu'être humain, c'est une manière d'accepter que le monde puisse être difficile à comprendre. Le mystère suscite et aiguise l'intérêt.

Jour après jour, l'angoisse de Leonid s'évapore comme une flaque d'eau au soleil. Cap au sud ! Au sud ! Les deux jeunes gens n'aspirent qu'à passer la frontière et à quitter l'URSS. Même si la barrière naturelle a la réputation d'être infranchissable, il doit bien exister un moyen de s'évader. De l'autre côté, il y a l'Orient. L'Iran, l'Inde ou une autre contrée fabuleuse, qu'importe. Ils se font le serment de préférer à jamais la solitude des êtres libres plutôt que de redevenir les esclaves de Staline.

Sans doute l'image de patrouilles de soldats et de chiens lancées à leur poursuite s'évanouit-elle dans cette touffeur. Leonid est persuadé que leurs poursuivants renonceront à affronter cette étendue hostile. Eux marcheront aussi longtemps qu'il le faudra.

Le temps s'étire dans une affreuse lenteur. Elmira ne se plaint pas. Malgré tout, sa fatigue est telle qu'elle tombe bientôt dans un état second de conscience et qu'elle avance de manière quasi somnambulique. Plus un mot ne sort de sa bouche.

Quand une tempête de sable s'annonce, son visage reprend vie. Bientôt des colonnes de poussière tournoient en s'élevant jusqu'au ciel. Ils ne peuvent plus garder les yeux ouverts. Désorientés, ils avancent à tâtons. Elmira croit déceler les prémices de ce que certains nomades nomment dans leur dialecte bourane* : un ouragan si subit et si puissant qu'en quelques minutes il peut engloutir entièrement un homme dans le sable. Les tourbillons de poussière obscurcissent déjà la lumière du jour. Les rafales redoublent. Leurs respirations se bloquent. Elmira agrippe l'épaule de Leonid. Nul endroit où s'abriter. Leurs pas se font encore plus lourds et ralentis, leurs silhouettes sont courbées vers l'avant. Ils n'inspirent qu'à travers les foulards rabattus sur leurs nez. Mais cette protection ne suffit pas ; les deux fugitifs perdent connaissance au même instant.

17

Joseph Staline reçoit une claque magistrale derrière le crâne, elle le projette à genoux. Comprenant qu'il a été visé par une violente rafale, il ressent un tel effroi qu'il ferme les yeux. *Retiens ta respiration!* se dit-il aussitôt. Il lui faut à tout prix éviter d'inhaler les poisons que transporte le vent venu des lointaines steppes. Assailli par le souffle de la bourrasque, il se retrouve bientôt allongé à plat ventre sur le tapis de son bureau. Cette fois, il a compris. La première attaque ne sera rien en comparaison du déchaînement de la tornade qui s'engouffre maintenant dans ses murs. Les coups de vent ont forcé les vingt-trois fenêtres de la façade du palais sénatorial, poussé dans le ciel des piles de dossiers confidentiels, exploré tous les passages secrets du Kremlin. Les bourrasques gonflent de rage alors qu'elles fouillent partout à la recherche du maître des lieux. Aucun obstacle ne peut les arrêter. Les portes claquent, mais le Guide suprême demeure introuvable.

Quelques instants plus tôt, Staline se tenait assis face à sa table de travail, les yeux perdus dans le vide. Ses compères habituels, Beria, Molotov et Khrouchtchev, viennent alors de prendre congé après avoir écouté à la radio le concerto n° 23 de Mozart.

— Des pas ? s'écrie Staline à l'adresse de ses gardes du corps. Vous entendez ces pas ?

Aucune réponse des tireurs d'élite censés surveiller sa porte.

— Quelqu'un approche ! Faites feu !

Toujours pas de réponse. L'inquiétude palpite dans les yeux du tyran. Churchill ou les Américains auraient-ils dépêché à Moscou un tueur venu l'abattre froidement ?

Quand les prémices du souffle, reconnaissable entre tous, frôlent sa moustache, Staline cède à la panique. Ses mains aux petits doigts épais, couvertes de taches de vieillesse, prennent appui contre le bois de son bureau juste avant la claque monumentale derrière la tête qui le projette au sol.

Il tente de se relever puis de ramper vers la porte, mais il sent une lente paralysie le gagner. Comme une glaciation progressive du sang et des organes vitaux. Son esprit recommence à dérailler. Une géante entièrement nue, sortie d'un âge préhistorique, se tient sur le rebord de sa fenêtre. Son épine dorsale arc-boutée, ses pieds forts, ses larges cuisses, ses mamelles pendantes lui vaudraient le qualificatif de « rustre » mais, en l'absence de tout équivalent féminin, Staline ne sait comment définir la créature primitive. Qui a laissé s'approcher une bête pareille ?

Jamais le maître de l'URSS ne s'est senti aussi vulnérable. Ses yeux jaunâtres, son teint livide, sa grosse moustache lui confèrent l'aspect d'un condamné à mort en sursis d'exécution. Il ne fait aucun doute qu'il aura une fin pitoyable.

— Qu'attendez-vous de moi ? murmure-t-il avec résignation.

La géante lui répond dans un chaos de phonèmes étranges, une sorte d'idiome universel, matrice de toutes les autres langues, antérieure aux mots d'Adam et Ève au jardin d'Éden. Cette créature semble être la dernière à avoir maintenu vivante la langue naturelle qui précédait toutes les civilisations.

— Tes confessions, ordonne la voix androgyne.

Staline est si étonné par cette requête qu'il se montre aussitôt tel qu'en lui-même :

— Je ne partage jamais mes états d'âme, avec personne.

— Que tu aies horreur de fouiller ton âme n'a aucune espèce d'importance, insiste-t-elle. Pense à tes erreurs, aux amours que tu as trahies, aux avancées de la maladie qui te guettent. La mort te terrifie. Après toi, il n'y aura que le néant. Tu ne laisses pas d'œuvre. Tu n'as pas de descendant. Rien. Le communisme a échoué depuis longtemps, tu le sais, sinon tu n'aurais pas besoin de recourir à la sanglante mascarade que tu orchestres depuis des années.

— De quel droit venez-vous chez moi ?

— Ne crie pas.

Alors qu'une frayeur macabre retient ses hurlements dans sa gorge, Staline se rend compte que cet être surnaturel a le pouvoir de lire dans ses pensées, de précéder ses propos et même de répondre par des paroles télépathiques.

— Ouragan, typhon, cyclone. Les hommes me parent de différents noms mais ils ne m'appellent jamais « espionne impérialiste », clame la géante.

Ses yeux s'enfoncent si profondément dans leurs orbites que Staline ne parvient pas à déterminer la nature exacte des sentiments qui accompagnent ses paroles.

— Nous sommes-nous déjà rencontrés ?

— J'en doute, répond la visiteuse d'un ton sarcastique. Seuls les poètes et les chamans parviennent quelquefois à m'apercevoir pendant mon sommeil.

C'est peut-être un fantôme qui vient le tourmenter, lui infliger des remords, l'obliger à expier ses crimes. Staline, épuisé, tente de résister, se fiant à la logique, à son jugement, et ce même s'il se sent infiniment diminué. Comment le communisme peut-il aboutir à une telle absurdité ? Il tente encore de se redresser mais ses jambes et ses bras se révèlent inutilisables. Son vieux corps est dévasté par l'attaque cérébrale qui le terrasse peu à peu. Il craint d'être réduit à l'impotence, de devenir une larve, un cancrelat. C'est un affront inimaginable pour un tel homme de pouvoir.

Où voulez-vous en venir ? pense-t-il. *Finissons-en.*

Un glapissement odieux s'échappe des lèvres de la géante.

Avec une énergie démente, Staline tente de lui tenir tête. Contre qui doit-il se battre ? Raidi, respirant à peine, il égrène le nom des victimes qui lui viennent à l'esprit :

— Les koulaks ? Les officiers polonais ?... Les Allemands de la Volga ?

La géante ricane à chaque évocation, se moque de ses efforts de mémoire, et l'idée qu'il pourrait mourir soudain aux pieds de cette femelle répugnante prend corps dans son esprit. Concentré sur l'apparition, Staline approche du seuil de la mort. Le spectre loquace est-il à l'origine de la syncope qui le maintient à terre ? Le moment fatal est peut-être venu. Le tyran tente une ultime justification :

— Pour mener une telle révolution, il faut être tout l'inverse d'un saint, nourrir un instinct meurtrier, y prendre plaisir même. Je ne renie rien.

Un éclat de rire insensé soulève la lourde carcasse de la géante. Il ne l'a pas volée, sa mort pitoyable. Les halètements pénibles et douloureux de Staline s'intensifient. Sa jambe prise de convulsions mène une vie autonome et déréglée. La visiteuse se maintient devant lui, inexorable, suffisamment cruelle pour se moquer encore de sa proie.

Le maître crache, rugit, grogne, éructe des ordres. Il délire, bave, secoué de frissons. Aucune phrase cohérente ne sort de son cerveau en lambeaux.

Quand paraît la lueur blanche de l'aube, la géante s'approche et lui glisse à l'oreille :

— Vous avez assassiné bien plus que vos adversaires.

Quelques heures plus tard, des bruits de pas se font entendre derrière la porte. Les soldats de la garde spéciale entendent des gémissements étouffés et des propos incohérents, mais aucun n'ose entrer dans la chambre à coucher de Staline.

Quand sa vieille gouvernante donne l'alerte et qu'un attroupement se forme autour de lui, le maître reprend brièvement connaissance.

— Ouvrez les yeux... Vous avez mal quelque part ?

Son visage moribond s'embrase d'une flambée de colère. Il lève péniblement un bras vers le ciel dans un dernier geste terrifiant de malédiction. Personne n'ose plus bouger. Puis l'homme pousse un dernier râle dans la faible clarté du lever du jour. Ses mains se crispent autour de son cou comme s'il voulait avaler une dernière bouffée d'oxygène.

L'assistance est saisie d'horreur. La mort de leur maître semblait chose impossible.

— Il n'est pas beau à voir, murmure Khrouchtchev, détournant le regard.

De sa propre initiative, un garde du corps empoigne le cadavre de Staline sous les bras pour l'installer en position assise. Mais, au moment où il lâche son buste, la tête du mort se remet à pendre, un filet de bave coulant au coin de ses lèvres. Un autre garde, pris de panique, arrache un double rideau pour le jeter sur son corps.

Quand il est hors de la vue de tous, les témoins blêmes reprennent leur souffle.

— J'interdis que la nouvelle sorte d'ici, ordonne aussitôt Beria.

Le baiser de la steppe s'échappe par les fenêtres et galope joyeusement dans les rues de Moscou. La géante, entrée grâce au souffle, passe sous la porte et s'enfuit comme une ombre à travers les jardins, bientôt chassée par la clarté naissante du jeudi 5 mars 1953.

18

Une haleine brûlante, pareille à une langue de feu, lèche les deux corps étendus sur la steppe. C'est une douleur atroce qui les ramène à la vie. En ouvrant les yeux, Elmira et Leonid découvrent, penchée sur eux, la figure d'un chamelier ratatinée comme une figue sèche. À la vue des deux gisants, le nomade a glissé de sa selle et s'est approché en tenant sa bête par la bride. Les traits de son visage demeurent encore flous. Ils ignorent combien de temps ils sont restés inconscients, plaqués au sol par la tempête de sable. Avant qu'ils aient réussi à se mettre à l'abri, la piste s'est effacée sous leurs pieds. Soudain, toutes les couleurs se sont dégradées en un gris sale. Un nuage de poussière les a fait passer du jour à la nuit. Une dune leur a roulé sur le corps.

Leonid Borisov a l'impression d'être couché sur le ventre au milieu de charbons ardents. Ses paumes palpent le sol aride puis se retirent avec vivacité. Les pierres calcinées brûlent, gémissent, se fendent. Un groupe de nomades se masse autour d'eux. Apparemment, le caravanier demande si quelqu'un les connaît dans une langue gutturale dont ils n'entendent pas un traître mot mais dont ils perçoivent les interrogations aux inflexions de la voix. Trois vautours tracent de larges arabesques dans le ciel au-dessus d'eux en prévision du festin.

Ils ont du sable dans la bouche, leurs oreilles bourdonnent. Par un étrange effet de distorsion, les paroles du chamelier ne forment que des sons vagues et lancinants. Ils souffrent de la tête à l'extrémité des membres. Le chamelier prend soin de maintenir la tête d'Elmira pendant qu'il porte à ses lèvres une gourde en cuir. Le filet d'eau la brûle tant sa bouche est sèche. Les jours qui suivent, leur sauveur mâche quelques feuilles d'ambroisie, crache entre ses mains et leur enduit le visage à tour de rôle de son onguent. Leurs plaies commencent à cicatriser.

Un matin, un interminable cortège de chameaux s'approche au trot rapide en soulevant jusqu'au ciel de hautes colonnes de sable. Puis un couloir s'ouvre, parmi les hommes qui entourent le couple, pour laisser approcher un vieillard aux yeux calmes que les chameliers appellent entre eux le grand caravanier. L'antique voyageur tient d'une main un long bâton qu'il enfonce dans la dune pour guider ses sandales de cuir grossier, de l'autre il tient par la cordelette un chameau d'une blancheur de neige, au pelage bouclé. Le vieil homme est si décharné qu'on pourrait croire qu'il va tomber en poussière au premier effleurement. Pourtant, sur l'immensité, rien n'est aussi droit que sa silhouette filiforme. Lui aussi est frappé par ce couple qu'on a découvert, enlacé, à l'agonie, en plein soleil.

Leonid Borisov regarde le vieillard comme un revenant jailli des temps anciens et ressent une profonde sécurité. Il essaie de se lever pour s'adresser à lui mais le grand caravanier prolonge le silence avant de placer un poing noueux sous son menton. Le voyageur plonge ses yeux sans âge dans ceux de l'ingénieur soviétique.

— N'y avait-il pas autrefois par ici une petite mer perdue au milieu des sables ? Nous avions pour habitude d'y établir notre campement quelque temps, demande-t-il en russe.

Borisov s'éclaircit la voix pour répondre :

— En effet, mais elle a été vidée.

Le vieil athlète de la patience a un mouvement de recul :

— Comment cela se peut-il ?

Puis un sourire horrifié s'épanouit sur son visage :

— Toute sa splendeur d'antan a donc été réduite à néant ? Il n'en reste plus rien, pas la moindre lagune ?

Le prophète du désert, impossible à situer dans une époque précise, s'arrête pour réfléchir et livrer le fond de sa pensée :

— Cette petite mer sacrée était notre boussole. Nous savions mille légendes qui donnaient sa forme au monde, mais sans la mer, qu'en reste-t-il ?

Leonid ne trouve rien à répondre. Bien que frêle, le roi des caravaniers réussit à le soulever de terre d'un seul bras. Quand l'ingénieur est remis sur pied, le vieillard reprend d'une voix caverneuse et monocorde :

— As-tu été témoin de cela ? Es-tu impliqué d'une manière ou d'une autre dans ce crime ?

Borisov lève la main sur son front comme pour se protéger du soleil, mais sa vue s'obscurcit. Il diffère tant du jeune ambitieux qu'il a été autrefois. Ses yeux ne sont plus qu'appréhension et attente.

— Je commandais les opérations mais je le regrette de toute mon âme, déclare-t-il.

Le grand caravanier qui est aussi une sorte de philosophe errant ne montre aucun signe de colère mais ses yeux expriment une force inébranlable. Il jette sur son épaule gauche une grande étoffe aux motifs géométriques pour montrer qu'il veut passer à autre chose. Un conseil se réunit autour du vénérable chef, il est question de savoir s'il ne vaut pas mieux abandonner les deux Russes à leur sort et les laisser mourir de soif sur la steppe. La controverse se poursuit au-delà de l'heure où ne subsiste plus qu'une lueur rose étalée sur l'horizon. Ils entendent la voix impressionnante du grand caravanier. Il semble dire qu'une erreur ne devient une faute que si l'on persiste. Les débats ne sont pas finis pour autant.

— Suivez-nous ! ordonne le chef au lever du jour.

Elmira et Leonid prennent place sur un chameau et la caravane se remet en branle, les animaux s'avançant sur le désert avec leur grâce coutumière, lourde et gauche.

Au fil des jours, les jeunes gens découvrent que le grand caravanier a un talent d'alchimiste pour transformer les sentiments amers et tristes en souvenirs qui élèvent le cœur. Il est connu comme un seigneur robuste et sans âge. Les histoires de Sindbad, de l'*Odyssée* ou d'Avicenne sont convoquées à chacun de ses pas, comme attachées à ses semelles de vent. Sans compter les livres des Mongols faits des cendres de la steppe. Chacune de ses paroles se réfère toujours au monde millénaire qui les a précédés, supérieur aux passions humaines.

— Sommes-nous encore en URSS ? demande Elmira.

— Sans doute pas, répond le sage.

— Comment le sais-tu ?

— Nous veillons à n'y mettre jamais les pieds. Les Soviétiques capturent les voyageurs comme nous. Ils se sont débarrassés du passé, ou tout du moins le prétendent-ils. En vérité, leur mémoire est en déroute. Ils ont besoin de dresser un mur contre ceux qu'il leur est nécessaire de détester. Nous nous contentons donc de longer ce grand bagne dans lequel vous viviez, en prenant soin de ne jamais en franchir la frontière.

Mois après mois, leur nouvelle vie s'écoule de caravansérail en caravansérail où ils mangent de délicieuses galettes saupoudrées d'amandes, où de petites boîtes d'encens laissent leurs senteurs s'échapper dans l'air. La prodigalité règne dans ces intérieurs où tout n'est qu'obscurité. Leur existence se limite à la satisfaction de leurs besoins les plus élémentaires.

Jour après jour, Elmira et Leonid goûtent à leur nouvelle liberté. Ils ne désirent plus rien. Tout semble possible. C'est la nature qui règne autour d'eux.

Les chameliers évoquent parfois un étrange bestiaire, des chimères, des monstres antédiluviens qui donnent le vertige à leurs deux invités parce que ces figures appartenaient à l'origine de la Terre. Un grand apaisement se répand alors dans la poitrine de l'ingénieur soviétique. Il vit les aventures dont il a toujours rêvé, enfin libéré des chaînes qui l'entravaient.

— Vous n'habitez donc nulle part ? demande-t-il un jour au grand caravanier en veillant à ne pas le froisser par son indiscrétion.

— Pourquoi prétendrais-je au moindre ancrage, alors que j'habite un palais formé des milliers de vers provenant des légendes et des épopées racontées à toutes les époques ? C'est un ravissement vaste comme le ciel. Tenez, récemment encore, nous écoutions un poème récité dans un caravansérail du Khorassan. Il y était question de la petite mer d'Aral d'où a jailli un puissant cheval blanc qui tua à coups de sabot le roi Yezdegerd. Aucun monarque ne peut résister au désir de justice que défendent les divinités naturelles. Le grand poète Ferdowsi a raconté ces histoires qui nous tenaient en haleine et qu'il nous plaisait de retrouver sur les rivages de la mer. Et tant d'autres ont puisé leurs récits prodigieux dans le lac profond de l'imagination. C'est ainsi dans chaque pays, tout au long de la route que nous suivons depuis la Chine.

Leonid et Elmira perçoivent bien l'air sombre et le chagrin du grand caravanier chaque fois qu'il songe à la disparition de la mer d'Aral. Le bruissement de ses vagues flotte autour de lui ; jamais, cependant, il ne livre le fond de sa pensée.

Quelques mois plus tard, ils cheminent aux confins d'un autre désert quand le vieillard se penche vers l'ingénieur russe, bercé par le pas lent de son chameau :

— Savez-vous le pire, dans l'histoire de cette petite mer vidée tout aussi promptement qu'une écuelle d'eau fraîche est lapée par quelques chiens assoiffés ?

— Non, répond Borisov tout en manifestant la plus vive des curiosités.

Les yeux doux du grand caravanier se teintent d'une profonde tristesse.

— C'est qu'il n'en existe aucun récit ! Les grands crimes contre la nature demeurent totalement muets. Et sans doute est-il trop tard pour y penser.

Tandis qu'ils contemplent les dunes, les traces des chameaux s'effacent derrière eux, leur passage retourne à la poussière. Elmira et Leonid ont désormais leur pleine mesure d'amour et de vie. La fraternité des nomades les rend heureux. Ainsi se déroule leur adieu solennel à l'URSS, à son culte de la puissance, à son rêve de domination.

Glossaire

ABC du travail intellectuel : Manuel réputé en URSS jusque dans les années 1950.

Adras : Tissu ouzbek traditionnel, tissé à la main.

Anahita : Ancienne divinité perse, déesse de l'eau qui apparaît dans l'Avesta.

Anaxacal : Littéralement « barbe blanche ». Chef de clan, patriarche.

Aoul : « Hameau » en langue turco-tatare (mot passé au russe). Petite unité d'habitation « indigène », résultant parfois d'une sédentarisation imposée par l'autorité russe aux différents peuples nomades de l'Asie centrale.

Asha : Dans la religion zoroastrienne, la justice divine se manifeste à travers la puissance du feu.

Barsa-Kelmes : Grande île de la mer d'Aral. En dialecte turco-mongol, son nom signifie « l'île dont on ne revient pas ».

Basmatchi (révolte) : Soulèvement des peuples de l'Asie centrale contre l'autorité soviétique. Les combattants basmatchis ont été présentés d'une manière romantique, notamment dans les films soviétiques des années 1930 – films parfois appelés « easterns », équivalents des westerns américains.

Bek (Ibashim, 1889-1931) : Chef des rebelles basmatchis.

Besprizorniki : Littéralement « sans surveillance ». Désigne les millions d'orphelins, d'enfants abandonnés, qui errent en URSS à partir des années 1920.

Bourane : Tempête de sable violente et imprévisible qui se lève dans les steppes. Tempête de neige en hiver.

Canal de la mer Blanche : Inauguré en 1933 par Staline. Dans le Nord de la Russie, il relie la mer Blanche à la mer Baltique. 170 000 « zek » (prisonniers politiques) y travaillèrent. Devenu un symbole de la ferveur de la jeune nation, sa construction coûta la vie à près de 30 000 personnes. Cet épisode est aujourd'hui considéré comme un des grands crimes du régime.

Canal turkmène : Par un décret du conseil des ministres de l'URSS du 12 septembre 1952, la décision est prise de creuser sur 1 100 kilomètres un canal entre le village de Takhia-Tach, sur le fleuve Amou-Daria, et

Krasnovodsk, sur la mer Caspienne. Ce « projet fou » de Staline, qui devait être terminé en 1955-1957, fut abandonné six mois après sa mort, en 1953.

Chachlyks : Brochettes de viande marinée puis grillée.

Chtchi : Soupe aux choux, très répandue en Russie et dans toute l'Europe orientale.

Farâkhkart (mer) : Mer légendaire. Selon le texte sacré des zoroastriens, dans ses profondeurs se trouve un poisson gardien qui peut écarter tous les êtres nuisibles. Certains y ont vu une évocation légendaire de la mer d'Aral.

Khalat : Manteau traditionnel ouzbek, long et matelassé, qui protège du froid et du chaud. « Robe d'honneur ». Autrefois exclusivement cousu par les hommes.

Khan : Titre que prenaient les souverains dans le monde turco-mongol.

Kharpâk : Créature légendaire, gardien qui protège la mer de Farâkhkart dans l'Avesta.

Khôl : Maquillage noir qui entoure les yeux, accentuant la profondeur du regard.

Kirov-28 : De nombreux vaisseaux et sous-marins ont été baptisés ainsi en hommage à Sergueï Kirov, un héros bolchevique assassiné en 1934.

Komsomol : Organisation chargée de former la jeunesse de l'URSS dans l'esprit du communisme.

Koptari ou Kôkpar : Joute équestre par équipes, appelée aussi bouzkachi en Afghanistan, étymologiquement « tire-bouc » ou « attrape-chèvre ». Ce jeu, sorte de rugby à cheval, est très populaire dans toute l'Asie centrale.

Koumis : Boisson à base de lait de jument fermenté.

Kraken : Monstre marin légendaire.

Loubianka : Immeuble de sinistre réputation, situé à Moscou sur la place du même nom. Le bâtiment a abrité le quartier général de la police politique, notamment le KGB. Ses caves renfermaient une prison où furent torturés et exécutés des centaines de prisonniers, parmi lesquels les victimes des grandes purges.

Lyssenko (Trofim, 1898-1976) : Coqueluche scientifique de l'époque stalinienne, il pourfend la génétique et développe une théorie concurrente. Ceux qui s'opposent à la ligne dogmatique qu'il impose sont qualifiés d'« ennemis du peuple » et déportés au goulag. Lyssenko ne renia jamais sa vision corrompue et profondément erronée de la science.

Mahalla : Quartier d'origine et cellule de base de la société ouzbek. Chaque mahalla est sous l'autorité d'un chef de clan ou anaxacal.

Makarenko (Anton, 1888-1939) : Instituteur et théoricien de la pédagogie, il fonda des maisons pour accueillir les orphelins et les petits délinquants dès les années 1920, notamment la colonie Gorki.

Mantis : Raviolis farcis de viande de mouton, d'ail et d'épices consommés dans toute l'Asie centrale et en Turquie.

MGB : Littéralement, « ministère de la Sécurité d'État » de l'URSS. Police politique qui comptait des dizaines de milliers d'agents. Le service deviendra le KGB en 1954.

Moskva (hôtel) : Hôtel emblématique du Moscou soviétique, construit dans les années 1930, tout proche de la place Rouge.

Nadejda : Nadejda Sergueïevna Allilouïeva, seconde épouse de Staline, mère de deux de ses enfants (Vassili et Svetlana). Elle se suicida à l'âge de trente et un ans en novembre 1932 au Kremlin. Les circonstances de sa mort furent cachées pendant plus d'un demi-siècle à la population russe.

Oxus : Nom ancien de l'Amou-Daria.

Ouzboï : Le bateau porte le nom d'un bras asséché du fleuve Amou-Daria qui se jetait dans la mer Caspienne.

Papanine (Ivan, 1894-1986) : Légende de l'exploration arctique soviétique. Dans les années 1937-1938, il accomplit une première mondiale en passant 234 jours sur la banquise dérivante du pôle Nord. D'autres exploits sont attachés à son nom, comme le sauvetage du *Sedov*. Ivan Papanine fut nommé deux fois Héros de l'URSS.

Papirossa : Cigarette emblématique de l'URSS. Bien qu'industrielles, elles donnaient l'impression d'avoir été roulées.

Parandja : Cape qui recouvrait entièrement les femmes de la tête aux pieds, connue sous le nom de burqua dans d'autres régions du monde. Interdite par les Soviétiques en 1927.

Pirojkis : Petits chaussons de pâte ou pâtés en croûte, un des classiques de la cuisine russe.

Plan de transformation de la nature : Plan souhaité par Staline, voté en 1948 par le Comité central du Parti communiste et le conseil des ministres de l'URSS. Il prévoyait notamment le creusement d'un vaste réseau de canaux d'irrigation en Asie centrale.

Plov : Plat national ouzbek, sorte de riz à la persane, constitué de riz sauté mêlé de pois chiches, carottes, graines de grenade, ail, nombreuses épices, ainsi que de viande de mouton.

Saïga : Antilope du continent eurasien, vivant en troupeaux dans les steppes et les déserts de l'Asie centrale. Reconnaissable à son long museau arqué, elle a la taille au garrot d'un cheval, entre 1,50 et 1,70 mètre, et pèse jusqu'à 50 kilos.

Saxaouls : « Espèce d'arbustes résineux aux formes tortueuses et aux troncs rabougris (…) on les emploie uniquement comme combustibles car ils donnent du bon charbon. » Description donnée par l'explorateur Bronislas Zaleski qui traversa l'Asie centrale vers 1860.

Sedov : En 1940, le *Sedov*, navire océanographique, est prisonnier des glaces. Après 812 jours de dérive, son équipage est sauvé par Ivan Papanine à bord du brise-glace *Joseph Staline*. L'exploit fut suivi avec passion en URSS.

Shorba : Soupe commune à tout le monde arabe. En Asie centrale, elle est souvent à base de mouton bouilli.

Tcharpoïs : Lits ouzbeks traditionnels.

Tchédras : Long voile traditionnel qui enveloppe le corps des femmes.

Tchékistes : Membres de la police politique.

Tchink : Longue falaise éboulée qui borde la rive ouest de la mer d'Aral sur plus de deux cents kilomètres. Curiosité géologique en bordure du désert de l'Oustiourt qui culmine à cent soixante-dix mètres.

Tengri : Dieu du ciel éternel pour les peuplades turco-mongoles.

Tovarich : « Camarade ».

Tu-2 : Avion de chasse russe Tupolev. Bombardier à haute vitesse emblématique de la Seconde Guerre mondiale pour l'aviation soviétique.

Vinogradov (Vladimir) : Le professeur Vladimir N. Vinogradov fut le médecin de Staline. Sur fond d'antisémitisme, il fut accusé d'attenter à la vie du dirigeant. Il fut impliqué dans « le complot des blouses blanches », qui déclencha la dernière purge stalinienne. Arrêté en décembre 1952, ainsi que son épouse, il fut jeté en prison.

Vojd : « Guide » en russe. Au même titre que le mot allemand *Führer*. Titre dont Staline s'honorait lui-même.

Zoroastrisme : Née 2 000 ans avant J.-C., c'est l'une des plus anciennes religions du monde, qui s'est propagée dans le nord de l'Iran actuel. Son prophète se nomme Zarathoustra. Adorateurs du feu, ses adeptes rejettent tous les rapports de domination, et les femmes sont les égales des hommes.

Remerciements

Je tiens à remercier Élisabeth Samama pour son soutien, son amour contagieux des textes et le partage de son expérience. Stephen Carrière, qui me renouvelle chaleureusement sa confiance. Ainsi que les premiers lecteurs de ce texte. Leurs regards bienveillants, leurs suggestions m'ont encouragé.

Les si beaux quatrains d'Omar Khayyâm, tirés de *Robâiyât* (quatrains), publiés aux éditions Babel (1992), sont présentés et traduits du persan par Hassan Rezvanian.

Enfin, je pense à Catherine Archambeaud qui ayant lu, il y a plus de vingt ans, les premières pages de cette histoire m'en a souvent demandé des nouvelles.

Mis en pages par DV Arts Graphiques à Saint-Nazaire,
cet ouvrage a été achevé d'imprimer
par CPI Firmin-Didot, à Mesnil-sur-l'Estrée,
pour le compte de S. N. Éditions Anne Carrière
57, rue Gaston Tessier – 75019 Paris
en novembre 2022

Imprimé en France
Dépôt légal : janvier 2023 – N° d'édition : 1088
N° d'impression : 172120